TITANIC

TOME 1 ☆ INSUBMERSIBLE

DU MÊME AUTEUR :

L'ESCROC
L'ÉVASION
PIÉGÉ

LES 39 CLÉS

FAUSSE NOTE À VENISE – TOME 2

EVEREST

LE DÉFI
L'ESCALADE
LE SOMMET

NAUFRAGÉS

LA TEMPÊTE
LA SURVIE
L'ÉVASION

SOUS LA MER

COFFRET COMPRENANT :
TOME 1 – L'ÉPAVE
TOME 2 – LES PROFONDEURS
TOME 3 – LE PÉRIL

DROIT AU BUT

DROIT AU BUT 1-4 (COLLECTION COMPLÈTE)
N° 1 – LES FLAMMES DE MARS
N° 2 – L'ÉQUIPE DE RÊVE
N° 3 – L'IMPOSTEUR
N° 4 – LA FOLIE DES FINALES

TITANIC

TOME 1 – INSUBMERSIBLE
À PARAÎTRE :
TOME 2 – LA COLLISION
TOME 3 – SOS

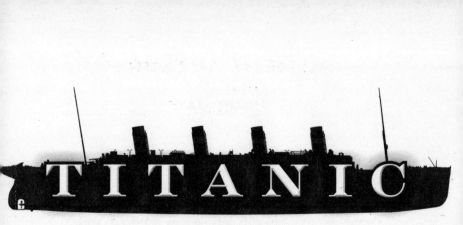

TITANIC

TOME 1

INSUBMERSIBLE

GORDON KORMAN

Texte français de Marie-Josée Brière

Éditions ■SCHOLASTIC

POUR JAY

☆

Catalogage avant publication de Bibliothèque et Archives Canada

Korman, Gordon

[Unsinkable. Français]

Insubmersible / Gordon Korman ; texte français de Marie-Josée Brière.

Traduction de: Unsinkable.

Pour les 9-12 ans.

ISBN 978-1-4431-1453-0

1. Titanic (Navire à vapeur)--Romans, nouvelles, etc. pour la jeunesse.
I. Brière, Marie-Josée II. Titre. III. Titre: Unsinkable. Français.

PS8571.O78U6814 2011   jC813'.54   C2011-902297-4

Édition publiée par les Éditions Scholastic,

604, rue King Ouest, Toronto (Ontario) M5V 1E1.

5 4 3 2 1   Imprimé au Canada   121   11 12 13 14 15

PROLOGUE

RMS *CARPATHIA*
LUNDI 15 AVRIL 1912, 9 H 30

Ils étaient entassés en quatre rangées sur le pont arrière du *Carpathia*, transis de froid. Et ils fixaient le vide.

Dans les eaux sombres agitées de faibles vagues, plus rien ne laissait deviner qu'à peine sept heures plus tôt, le plus grand navire de tous les temps – et sûrement le plus impressionnant – naviguait dans toute sa splendeur. La vérité était à peine croyable : le RMS *Titanic* reposait maintenant au fond de l'océan avec tous ceux qui voyageaient à son bord, à l'exception des 706 rescapés ayant trouvé refuge sur le *Carpathia*.

– Là!

Le cri redonna un peu d'énergie aux naufragés épuisés. Une tache de couleur émergea dans l'immensité grise. Un survivant?

Mais la vague retourna bien vite l'objet qui avait donné une lueur d'espoir aux cœurs glacés des naufragés. Un fauteuil de pont. Rien de plus.

Comment était-ce possible? Le *Titanic* n'était pourtant

pas un paquebot comme les autres. C'était une ville flottante de 270 mètres de long, 28 mètres de large et ayant un déplacement à pleine charge de 66 000 tonnes. Ce misérable débris était-il tout ce qu'il en restait? Comment un tel mastodonte avait-il pu être réduit à si peu?

Un steward en uniforme, âgé de tout au plus 17 ans, s'approcha pour prendre le bras d'une dame grelottant sous sa couverture de la Cunard.

– Il y a du thé et de la soupe en bas, madame, dit-il. Venez, vous allez prendre froid avec ce vent.

La dame le repoussa, sans se soucier de sa sollicitude.

– Laissez-nous. Nos maris viennent de se noyer sous nos yeux.

Le jeune steward se mordit la langue. Il ne la réconforterait sûrement pas en lui signalant que, sur les 1 517 passagers et membres d'équipage qui avaient péri, très peu étaient morts noyés. La mer dans laquelle le navire s'était enfoncé n'était qu'à -2 °C, sous le point de congélation de l'eau douce. Les victimes avaient dû endurer des souffrances inimaginables, comme si leur corps tout entier s'emplissait soudainement de glace. En 60 secondes à peine, ils étaient sûrement en état de choc. L'inconscience et la mort avaient rapidement suivi. Aucun être humain n'aurait pu survivre plus de quelques minutes dans cette eau, aussi froide que la glace qui avait ouvert le ventre de l'immense navire.

Cette glace entourait toujours le *Carpathia*. De

nombreux icebergs se détachaient sur l'horizon lointain et, plus au nord, c'était la banquise.

Beaucoup de navires avaient rencontré de la glace la nuit précédente, dans leur traversée de l'Atlantique Nord. Tous s'en étaient sortis indemnes. Tous, sauf le plus impressionnant.

L'insubmersible *Titanic*.

CHAPITRE UN

BELFAST
Mercredi 27 mars 1912, 14 h 12

Le coup atteignit Paddy en plein visage, et ses dents s'entrechoquèrent. Il ne s'attendait pas à ce que cela fasse aussi mal. Le coup assené était plus fort que prévu. Il ne faisait même pas semblant quand il chancela vers l'homme vêtu d'un manteau en pied-de-poule.

Une petite main blanche jaillit de la manche élimée de Paddy et se glissa aussitôt dans la grande poche du manteau. Elle en ressortit une fraction de seconde plus tard, serrée sur une liasse de billets de banque retenus par une pince en or. Le tout disparut aussi vite sous la veste usée du jeune voleur.

L'homme le repoussa en grommelant.

– Allez vous bagarrer loin des honnêtes gens, petits voyous!

Paddy retint un sourire. Il trouvait toujours amusant que sa victime l'aide en le chassant avec son larcin. Le temps que ce riche imbécile se rende compte qu'il s'était fait plumer, Paddy serait déjà loin, à compter son butin.

Il ne lui restait plus qu'à conclure la petite mise en scène qui lui avait servi de couverture. Il se rua sur Daniel, son complice, et lui envoya son poing dans l'estomac – juste revanche pour le direct au visage d'avant.

– Tu vas me le payer! siffla Daniel.

Puis, comme d'habitude, Paddy se sauva en courant, poursuivi par Daniel qui lui criait des menaces. La foule s'écarta, comme si les passants étaient des complices. De plus, des trolleybus et des charrettes placés sur leur trajet servaient d'obstacles pour faciliter leur fuite.

Les deux garçons poursuivirent leur course à travers les petites rues et les ruelles qu'ils connaissaient comme le fond de leurs poches. Enfin, ils s'effondrèrent l'un contre l'autre en riant, contents de leur exploit.

– Que le diable t'emporte, Daniel Sullivan! lança Paddy. Tu essayais de me casser la mâchoire, ou quoi? Je vais avoir le visage violet pendant une semaine, par ta faute!

– Tu seras juste plus beau! ricana Daniel en se massant l'estomac. Tu oublies que tu viens de me couper le souffle! Si je ne peux pas me sauver, avec qui tu te bagarreras la prochaine fois? Avec toi-même?

– À t'entendre te lamenter, on croirait que je ne suis pas capable de me débrouiller tout seul, répliqua Paddy, moqueur. Mais si tu étais en prison, j'aurais cette belle liasse de billets-là pour moi tout seul.

Il sortit la pince pour qu'ils puissent examiner leur prise.

– Je ne savais pas que le prince de Galles se promenait dans Victoria Street! siffla Daniel, ébahi.

– Y a une fortune là-dedans! acquiesça Paddy.

Ils comptèrent les billets, puis les recomptèrent, en silence. Ils avaient l'habitude de ramasser des bourses usées contenant à peine quelques pièces. Mais il y avait dans cette pince 12 billets de banque tout neufs, valant une livre sterling chacun. Avec tout cet argent, ils allaient pouvoir remplacer leurs guenilles par des vêtements chauds et des souliers neufs. Et ils auraient le ventre plein pendant longtemps.

Paddy fut le premier à reprendre ses esprits.

– Si j'avais su, j'aurais pris sa montre aussi! Et peut-être même ses dents en or!

À 15 ans, Daniel avait un an de plus que Paddy et se considérait mieux informé des choses de la vie.

– Ça ne sera pas facile à dépenser ça, annonça-t-il. Quand des gens comme nous sortent un billet de banque flambant neuf, il n'y a pas beaucoup de boutiquiers à Belfast qui ne se doutent pas qu'il a été volé.

Ce n'était pas ce que Paddy voulait entendre.

– Tu veux dire qu'on a gagné le gros lot et qu'on ne pourra pas rien acheter? Tu as peut-être peur de le dépenser, cet argent-là, mais pas moi!

– Réfléchis un peu, Patrick, expliqua patiemment Daniel. Demande-toi quel genre d'homme aime avoir son argent en billets de papier imprimés par une banque. Quelqu'un qui en a tellement qu'il aurait besoin d'une brouette pour le transporter, si c'était des pièces de monnaie. Quand tu te regardes dans un miroir, est-ce que tu vois quelqu'un comme ça?

Mais Paddy n'en démordait pas.

– Je serai quelqu'un comme ça un jour, alors ça me fera un bon entraînement.

Daniel leva les mains au ciel.

– Je dis juste qu'il faut être prudents. Et si tu avais la moitié de la cervelle que le bon Dieu a donnée aux oiseaux, tu le saurais toi aussi.

Ils se disputaient souvent, mais cela ne durait jamais longtemps. Malgré toutes les insultes et les pointes qu'ils se lançaient, Paddy Burns et Daniel Sullivan étaient comme deux frères – et même plus – depuis le jour où ils s'étaient rencontrés. C'était un lien forgé par l'amitié, mais aussi par quelque chose de plus sombre. Daniel était orphelin et s'était sauvé pour échapper à une vie d'apprenti ramoneur. Paddy avait marché plus de 100 kilomètres jusqu'à Belfast après que son beau-père, ivre comme toujours, lui eut administré une raclée de trop. À part leur amitié, ils n'avaient plus rien au monde, ni l'un ni l'autre.

Ils dissimulèrent l'argent dans leur cachette secrète, derrière la brique disjointe d'un vieux mur.

– Ça grouille de voleurs, dans le coin, rappela Paddy à son ami. Regarde ce qui est arrivé au beau monsieur à qui appartenaient tous ces beaux billets.

Ils se dirigèrent ensuite vers la partie la plus animée de

la ville, Queen's Island. C'était là que se trouvait le chantier naval de la Harland and Wolff, le plus grand au monde où, telle une ruche bourdonnante, plus de 15 000 employés se relayaient 24 heures par jour. Tout Belfast semblait tourner autour de ce centre névralgique. Pour un pickpocket, c'était l'endroit rêvé.

De l'autre côté de la rue, des dizaines de passagers descendaient d'un trolleybus. Paddy posa les yeux sur un petit homme corpulent. Il y avait un renflement sous son manteau, là où devait se trouver son portefeuille.

– Non, pas lui, fit Daniel comme s'il lisait dans les pensées de son ami. Regarde comme ses bottes sont usées. Il a besoin de son argent.

Les deux garçons avaient un pacte tacite : ils ne détroussaient jamais les gens pauvres, même s'ils étaient eux-mêmes 100 fois plus pauvres. Leur infortune les forçait à se débrouiller comme ils le pouvaient, quitte à voler pour survivre. Mais il y avait une ligne qu'ils refusaient de franchir, puisqu'ils n'étaient pas les seuls gamins affamés de Belfast. De toute manière, une foule de pigeons aux poches bien remplies se bousculait, ne demandant qu'à se faire plumer.

En voilà justement un, se dit Paddy.

L'homme, qui descendait d'un fiacre, n'était pas vêtu différemment des autres passants : manteau de tweed, costume sombre et chapeau melon. Pourtant, tous les éléments de sa toilette semblaient parfaitement agencés et repassés, jusqu'au nœud élégant de sa cravate de soie. Il marchait d'un pas mesuré, avec une assurance tranquille. Et, devina Paddy, une bourse bien remplie sous son pardessus.

Il fit un signe presque imperceptible à son ami, et alla se placer derrière sa nouvelle cible, qui se dirigeait vers la grille du chantier naval.

– Non! chuchota Daniel en se précipitant pour emboîter le pas à son ami. Tu ne sais pas qui c'est?

– Un gros monsieur riche qui peut se permettre d'offrir quelques pièces à notre œuvre de bienfaisance préférée, répliqua Paddy tout en hochant la tête avec énergie.

– C'est M. Thomas Andrews, l'architecte du *Titanic*!

Paddy lâcha un sifflement impressionné. Même si le nom de Thomas Andrews ne lui disait rien, il aurait fallu être sourd et aveugle pour ne pas savoir que le *Titanic*, le plus grand navire de ligne au monde, était en construction chez Harland and Wolff. Ses quatre cheminées imposantes, visibles de presque partout en ville, dominaient le paysage de Belfast.

Paddy et Daniel s'étaient d'ailleurs rencontrés dans l'immense foule rassemblée pour la mise à l'eau du *Titanic*, dans le port de Belfast, un an plus tôt. Paddy était venu dans l'espoir de récolter un ou deux portefeuilles. Mais en regardant l'énorme coque glisser sur la rampe jusqu'à l'eau, il avait oublié ses poches vides et son estomac creux. Le spectacle était époustouflant!

Le *Titanic* était maintenant à quai, plus magnifique que jamais, en attendant que son aménagement intérieur soit terminé. On disait que ni les manoirs des millionnaires ni même le palais du roi ne seraient plus somptueux que ce géant de la mer.

Paddy se rappela aussi que, sans le *Titanic*, il n'aurait pas tenté de vider les poches de Daniel ce jour-là. Et il serait resté seul. Il serait peut-être même mort. Il avait donc une dette envers ce M. Thomas Andrews.

Juste avant la grille principale, M. Andrews fit brusquement volte-face.

— Si vous avez l'œil sur ma bourse, mes jeunes messieurs, je préfère vous dire que je ne m'en séparerai pas facilement.

C'était bien la première fois de sa vie que Paddy Burns se faisait traiter de « monsieur », et probablement la dernière aussi.

— Monsieur Andrews, s'il vous plaît, demanda Daniel nerveusement, d'une voix teintée de respect, est-ce que c'est vrai que la quatrième cheminée est fausse?

— Y aurait-il un cœur d'ingénieur dans cette maigre poitrine? demanda l'architecte avec un sourire étonné. Où diable as-tu entendu ça?

— Daniel sait lire, monsieur Andrews, répondit Paddy à la place de son ami. Il m'a même un peu appris.

Au début, Paddy avait trouvé étrange que Daniel s'intéresse autant aux livres et aux journaux. Pourquoi risquer de se faire arrêter pour voler quelque chose qui ne remplit pas la panse? Mais il avait vite constaté que la passion de son ami pour la lecture était une faim aussi pressante que celle d'un estomac vide. Paddy ne comprenait pas, pas encore, du moins. Il savait pourtant que c'était la vérité.

– Impressionnant, approuva M. Andrews. Eh bien, les garçons, la quatrième cheminée n'est pas reliée aux chaudières, mais on ne peut quand même pas dire qu'elle est fausse. Elle fournit de la ventilation. Et, bien sûr, c'est une caractéristique propre au *Titanic* et à son jumeau, l'*Olympic*.

Le mince visage pâle de Daniel s'illumina d'intérêt.

– Et il est vraiment insubmersible?

L'architecte gloussa et dit :

– Tout ce qui est en métal peut couler. Mais il y a une chose que tu dois comprendre : la coque du *Titanic* est divisée en 16 compartiments. En appuyant sur un seul bouton, dans la salle des commandes, le capitaine peut fermer des portes étanches pour sceller ces compartiments et les isoler les uns des autres. Le navire pourrait rester à flot, même si 4 de ces 16 compartiments étaient inondés, reprit l'homme après une courte pause. Et il est difficile d'envisager un accident qui causerait plus de dommages que ça.

– Moi, je pourrais! répliqua vivement Daniel.

– Raconte-moi ça, fit M. Andrews en haussant les sourcils.

– Eh bien, je... je ne sais pas exactement, je disais ça comme ça, monsieur, bégaya Daniel, gêné. Mais si vous me donnez un peu de temps, je suis sûr que je trouverai.

L'architecte naval parut à la fois amusé et intrigué.

– Sait-on jamais? sourit-il. En tout cas, si tu as une idée, je serai prêt à l'écouter.

– Il en est bien capable, vous savez! coupa Paddy. Il est vraiment brillant, Daniel!

– Alors, je vais dire à mon personnel, ajouta M. Andrews avec un grand sourire, que si un certain maître Daniel et son compagnon me demandent, il faut me les amener tout de suite.

Le gardien en poste à la grille s'interposa pour empêcher les garçons d'entrer.

– Allez-vous-en, tous les deux! lança-t-il. Et laissez M. Andrews tranquille!

L'architecte se donna la peine de serrer la main crasseuse des deux garçons.

– Ça va, Joseph. Nous parlions affaires. Messieurs, ajouta-t-il en soulevant son chapeau melon, nous nous reverrons sans doute.

Et il disparut dans le chantier naval en effervescence.

Paddy et Daniel restèrent à la grille longtemps après son départ, ébahis qu'un homme aussi important traite deux voyous avec autant de gentillesse et de respect.

CHAPITRE DEUX

LONDRES
Vendredi 29 mars 1912, 11 h 45

Piccadilly Circus était toujours un des endroits les plus encombrés de Londres. Mais aujourd'hui, c'était encore pire. Des centaines de voitures tirées par des chevaux, et presque autant d'automobiles, mues par des moteurs à essence, à vapeur ou à l'électricité, étaient immobilisées sur le célèbre carrefour. Dans un tintamarre de clochettes et de klaxons, conducteurs et cochers exprimaient bruyamment leur frustration. L'embouteillage s'étendait jusque dans les cinq grandes rues qui donnaient sur le rond-point et en particulier dans Regent Street, toujours très fréquentée. La cacophonie des protestations était de plus en plus forte. Personne n'avançait.

La cause de cette gigantesque perturbation de la vie londonienne était perchée sur le piédestal de la statue d'Éros, au centre du rond-point. La célèbre suffragette américaine Amelia Bronson, de Boston, dans le Massachusetts, avait organisé un rassemblement là où elle était certaine d'attirer le plus d'attention. Sa voix stridente, amplifiée par un grand mégaphone, s'élevait au-dessus du vacarme ambiant.

– *Le droit de vote pour les femmes!* tonna-t-elle.

Une vaste clameur se répandit dans la masse des participantes, resplendissantes dans leurs vêtements aux couleurs de leur mouvement : le violet, le blanc et le vert.

– *Le droit de vote pour les femmes!* reprirent-elles en chœur, leurs revendications résonnant haut et fort.

– Ôtez-vous de mon chemin, petites bourgeoises! lança un chauffeur de camion.

D'autres exclamations lui firent écho, en termes parfois nettement moins polis. Londres avait son lot de manifestations politiques, pour toutes sortes de causes, mais les militants n'étaient généralement pas des femmes, censées se montrer obéissantes et discrètes. Alors, les « suffragettes » étaient plutôt considérées comme masculines, rebelles et même immorales. La foule se faisait de plus en plus menaçante.

Sophie Bronson, 14 ans, tendit le bras et tira doucement sur l'ourlet de la robe de sa mère.

– Mère, fit-elle à voix basse.

Pas de réponse.

– Mère, insista-t-elle un peu plus fort.

– Pas maintenant, Sophie. Les choses se corsent.

– Justement, répondit sa fille. Nous ne sommes pas à Boston ici, ni à Hartford ou à Providence. Il y a de la rage dans l'air!

– Cette rage, c'est l'outil dont les hommes se servent pour protéger un système rétrograde qui traite la moitié de la population comme des citoyens de seconde classe!

– Mère, vous savez aussi bien que moi que la rage qu'on sent ici vient surtout de gens qui voudraient simplement traverser Piccadilly Circus.

Des coups de sifflet retentirent soudain dans l'air frais.

– C'est la police! s'écria Sophie. Vous allez vous faire arrêter, encore une fois!

– Je l'espère bien! répliqua Amelia Bronson avec un grand sourire. Je ne suis pas venue jusqu'en Angleterre pour me taire. Je veux que les journaux parlent de moi!

– Alors, tout ce qu'ils disent de vous va se confirmer, soupira Sophie. Vous *êtes* réellement une agitatrice, étrangère et radicale.

– Je suis ce que je dois être pour le bien de notre mouvement, rétorqua Amelia d'un ton résolu.

C'étaient bien les *bobbies*. Des dizaines de *bobbies*, qui commencèrent à arrêter les femmes, les invectiver et les bousculer.

Amelia Bronson sauta au bas du piédestal et tendit les bras à un des policiers.

– Allez-y! déclara-t-elle. Passez-moi les menottes! Montrez au monde entier, à vos épouses et à vos mères, à quel point vous haïssez les femmes!

– J'ai rien contre les femmes, la mère, grommela l'un des agents. C'est les agitatrices américaines qui me posent problème.

Le policier s'apprêtait à lui passer les menottes, mais une grande Anglaise lui arracha son casque en tirant sur sa mentonnière et se mit à lui taper dessus avec son arme improvisée. L'agent se retourna vers elle et lui abattit violemment sa matraque sur le crâne.

Sophie avait pourtant pris la résolution de rester à l'écart de la mêlée. Chez elle, à Boston, son père lui avait confié la mission d'éviter la prison à sa mère ou de l'en faire sortir au besoin. Mais quand elle vit le sang couler sur le visage de la suffragette, elle vit rouge. Elle se rua sur le policier, lui sauta sur le dos et lui entoura la tête de ses bras. Elle fut aussitôt arrêtée.

Plus tard, dans le panier à salade tiré par des chevaux, Sophie eut à subir une humiliation supplémentaire : sa mère ne se gênait pas pour la critiquer devant les autres prisonnières attachées toutes ensemble par les chevilles.

— Sophie, tu me déçois beaucoup. Tu es plus raisonnable, d'habitude.

— Mais vous avez été arrêtée aussi! répliqua Sophie en levant le menton.

— C'était nécessaire pour obtenir la publicité dont nous avons besoin pour notre mouvement, la sermonna Amelia Bronson. C'était une décision calculée, prise bien avant l'arrivée des policiers. Mais ce que tu as fait était dangereux et inutile. Ça n'a rien apporté à la cause. Et tu vas avoir beaucoup de mal à verser ma caution en étant en cellule.

Sophie ferma les yeux et se mordit la langue pour ne

pas répondre. Au rythme des sabots sur les pavés, elle se mit à compter les jours jusqu'au 10 avril, date à laquelle elle quitterait enfin l'Angleterre avec sa mère. Elle n'aurait jamais imaginé qu'il serait à ce point difficile de la protéger en l'absence de son père. La seule chose qui lui remontait le moral, c'était la perspective excitante du voyage de retour. Dans moins de deux semaines, sa mère et elle seraient en route vers l'Amérique, à bord du tout dernier, du plus beau et du plus spectaculaire navire au monde, le RMS *Titanic*.

CHAPITRE TROIS

SOUTHAMPTON
Dimanche 31 mars 1912, 9 h 40

Des affiches du *Titanic* ornaient les bureaux de la White Star Line. On y voyait l'immense navire sous toutes ses facettes, depuis les photos de sa construction jusqu'aux dessins d'artistes représentant ses somptueuses salles de bal et ses magnifiques salles à manger, en passant par des publicités vantant la luxueuse marque de savon utilisée dans les cabinets d'aisance de première classe.

À dix jours à peine de la traversée inaugurale, les lieux bourdonnaient d'activité. Une foule nombreuse, composée en majeure partie d'étrangers qui tentaient de se faire comprendre dans un brouhaha de langues différentes, s'entassait aux guichets dans l'espoir de trouver un billet de dernière minute en troisième classe.

À l'autre bout de l'immeuble, les cadres de la White Star embauchaient une horde de serveurs, de stewards, de femmes de chambre, de blanchisseuses et d'aides-cuisiniers. Le *Titanic* offrait des commodités que personne n'aurait jamais osé rêver avoir sur un navire. Il fallait donc des employés pour remplir toutes sortes de fonctions à bord, comme des entraîneurs pour le gymnase et des préposés pour la piscine et les bains turcs. Ainsi, le 10 avril, quand le grand navire prendrait la mer, il transporterait près de 900 membres d'équipage, dont la plupart n'auraient absolument rien à voir avec le fonctionnement technique.

Mais le frêle garçon dont les épaules rondes ne suffisaient pas à remplir un manteau usé, aux coudes rapiécés et aux poignets élimés, n'était pas là parce qu'il s'intéressait à la perle de la White Star.

Alfie Huggins, 15 ans, sûrement la personne la plus jeune dans ce bureau, se tenait devant le guichet du responsable de paie, son certificat de naissance déplié sur le comptoir.

– D'après les dossiers de la société, dit un commis avec d'épaisses lunettes perchées sur le bout de son nez, la paie de ton père va à...

Il plissa les yeux pour déchiffrer le registre posé devant lui.

– Sarah Huggins.

– C'est ma mère, expliqua Alfie en montrant son nom sur le certificat.

– Eh bien, dis-lui de venir signer, et elle pourra avoir l'argent.

– Je ne peux pas, fit Alfie, découragé.

– Pourquoi? Elle est malade?

– Elle est partie.

– Partie? Tu veux dire « morte »?

– Partie. Et elle ne reviendra pas.

Il avait du mal à l'admettre. Mais il n'avait jamais compris comment sa mère avait pu épouser son père. John Huggins travaillait comme chauffeur pour la White Star Line. Sarah Huggins était rêveuse, romantique et distraite, et comme son mari était presque toujours en mer, elle s'était retrouvée seule pour élever son fils.

– Et... comment t'appelles-tu, encore? demanda le commis.

– Alfie... Alphonse, répondit le garçon en montrant de nouveau le certificat.

Il n'y avait que sa mère pour donner un tel prénom à son fils unique, d'après le héros d'un des romans français à l'eau de rose qu'elle aimait tant!

Et où est-elle maintenant? se demanda Alfie tristement. Il avait beau essayer, il n'arrivait pas à lui en vouloir de l'avoir abandonné. Sans savoir pourquoi, il l'imaginait traverser le continent dans un train luxueux, en route vers une destination exotique. Il y avait cependant plus de chances qu'elle soit à Londres, dans une boutique de modiste par exemple, à décorer des chapeaux avec du ruban et des fleurs artificielles. Il espérait qu'au moins, elle était heureuse.

La voix du commis interrompit ses rêveries.

– Je suis désolé, mon garçon. Ton nom n'est inscrit nulle part sur ces instructions. Je ne peux pas te remettre l'argent.

– Mais comment est-ce que je vais me nourrir, monsieur? demanda Alfie la gorge nouée. Je n'ai pas d'argent.

Le commis était désolé, mais il resta ferme.

– Il est écrit que ton père va s'embarquer sur le *Titanic*. Plusieurs mécaniciens de l'*Olympic* vont rester à Belfast jusqu'à ce que le nouveau navire soit prêt à appareiller. Ton père devrait arriver mercredi.

Dans trois jours! Alfie se sentit ragaillardi. Évidemment, il risquait de mourir de faim d'ici là. Mais il verrait bientôt son père.

Le problème, c'est que si celui-ci faisait partie de l'équipage du *Titanic*, il repartirait – Alfie vérifia sur une des affiches – dès le 10 avril.

Et cette fois je serai seul, aussi seul qu'un chien errant, pensa-t-il.

Ses yeux se posèrent sur les gens qui attendaient en file pour passer une entrevue espérant obtenir un emploi à bord du *Titanic*.

Quand la solution se présenta à lui, elle lui parut tellement évidente qu'il se demanda pourquoi il n'y avait pas pensé plus tôt.

Comment rester auprès d'un père marin?

En s'embarquant sur le même navire.

Il replia son certificat de naissance et le fourra dans sa poche. Il ne lui restait plus qu'à mentir un tout petit peu au sujet de son âge.

CHAPITRE QUATRE

BELFAST
Mardi 2 avril 1912, 15 h 30

Autrefois, l'endroit était une imprimerie, comme en témoignaient les tables tachées d'encre, les rouleaux de métal et les caractères de bois. Mais pour Paddy et Daniel, c'était la maison.

Pas pour le confort qu'ils y trouvaient, il n'y en avait pas. Mais parce que quelques briques manquantes, dans le mur extérieur, offraient un appui pour grimper jusqu'à l'escalier de secours, qui assurait ensuite un accès facile à la planche instable sur ce qui avait été une fenêtre. La grille du palais, comme ils l'appelaient. Le lieu n'avait rien d'un palais, mais c'était un abri contre le froid et l'humidité, et un endroit bien à eux, mieux que ce que pouvaient espérer deux jeunes de la rue.

Ils y avaient trouvé une imposante pile de papier, très poussiéreux, mais à peine jauni. Daniel dessinait constamment. Dans un autre monde, Paddy était certain que son ami serait devenu un inventeur ou un architecte célèbre.

Pour le moment, Daniel était totalement absorbé par sa promesse à Thomas Andrews. Il était déterminé à trouver ce qui pourrait faire couler l'insubmersible *Titanic*. Il chercherait jusqu'à la fin de ses jours, s'il le fallait. Depuis cinq jours, il ne pensait plus qu'à cela. À 20 h ce soir, le grand navire devait quitter Belfast pour Southampton, en Angleterre, d'où il entreprendrait enfin sa première traversée. M. Andrews serait à son bord, et Daniel ne le reverrait probablement jamais. Il ne lui restait que quelques heures pour trouver.

Paddy avait un peu de mal à comprendre la fascination de son ami, qui frisait l'obsession.

– C'est un bateau, Daniel. Si tu fais un trou dans le fond, il coulera.

– Tu as oublié les compartiments étanches? protesta Daniel en tendant le bras vers un des nombreux dessins qui couvraient la vieille table.

On y voyait la longue coque du *Titanic,* divisée par 15 cloisons transversales.

– L'endroit où la coque est percée n'a pas d'importance. Le capitaine n'a qu'à fermer les deux portes autour pour contenir l'eau. M. Andrews a dit que le *Titanic* pourrait rester à flot même si quatre de ces compartiments-là étaient inondés.

– Ça me paraît simple, fit Paddy en haussant les épaules. Inondes-en cinq.

– C'est impossible, répondit Daniel en secouant la tête. Un navire de ligne, ce n'est pas comme une locomotive qui peut rouler à 100 kilomètres à l'heure.

Il désigna un autre croquis, qui représentait cette fois le *Titanic* heurtant le flanc d'un autre navire.

– Même une collision à pleine vitesse inonderait seulement un compartiment, peut-être deux.

Paddy parut réfléchir sérieusement.

– Et si ce n'était pas ton précieux *Titanic* qui frappait quelque chose? Si c'était un autre gros bateau qui lui fonçait dedans?

– Ce serait pareil. La proue de l'autre navire endommagerait un des compartiments, peut-être deux, mais pas plus. Et puis, y a une double coque, poursuivit Daniel, frustré. Même si une chaudière explosait, ça ne percerait pas les deux épaisseurs. Un incendie à bord pourrait faire beaucoup de dégâts, mais le métal épais résisterait au feu.

Paddy posa une main sur l'épaule de son ami.

– Si c'était facile, ton cher M. Andrews y aurait déjà pensé. Mais t'es plus brillant que ce beau monsieur bien habillé. Tu vas trouver. Et maintenant, faudrait peut-être penser à se remplir un peu la panse. À l'heure qu'il est, les pâtés à la viande doivent être sur le bord de la fenêtre, chez Mme O'Dell.

Mais même la promesse d'un délicieux repas ne suffit pas à tirer Daniel de ses travaux.

– J'irai plus tard, fit-il d'un air absent. Et puis, n'oublie pas, faut pas dépenser les billets de banque.

– Dépenser? lui jeta Paddy avec un sourire espiègle.

C'est quand, la dernière fois que tu m'as vu payer pour manger?

Il grimpa lestement sur le rebord de la fenêtre et sortit aussitôt.

*

Ce n'était presque plus du vol, quand il allait se servir ainsi chez Mme O'Dell. Depuis que Paddy avait chassé un énorme rat de son garde-manger, la bonne dame détournait les yeux chaque fois qu'il passait ramasser un de ses pâtés des Cornouailles. Si un jour il devenait riche, il les lui rembourserait jusqu'au dernier.

Il prit la rue St. Bart, regardant distraitement les vitrines des boutiques tout en se léchant les doigts. Daniel avait raté tout un festin. Comment pouvait-il passer la journée à regarder des diagrammes de bateau l'estomac vide? Les gens intelligents semblent parfois aussi idiots que le pire des sots. Mais, songea-il avec fierté, si quelqu'un pouvait trouver comment faire sombrer l'insubmersible navire de M. Thomas Andrews, c'était bien Daniel.

En passant devant la vitrine d'un papetier, il aperçut un magnifique bloc de papier à dessin d'un blanc laiteux, avec un assortiment complet de crayons, de plumes et de fusains de toutes les épaisseurs possibles. Avec un matériel pareil, Daniel pourrait dessiner quelque chose qui ferait couler la Royal Navy au grand complet!

Un petit carton à côté de l'ensemble indiquait le prix : trois couronnes et six pence. Paddy n'avait jamais eu autant d'argent, exception faite de la pince en or subtilisée à l'homme au manteau au motif de pied-de-poule. Avec cette fortune, il pourrait se payer une dizaine d'ensembles comme celui-là, et il lui resterait même de la monnaie!

Il était sur le point de courir vers leur cachette, mais il s'arrêta net. Daniel lui avait fait promettre de ne pas dépenser les billets.

Mais à quoi bon avoir de l'argent s'ils ne pouvaient pas le dépenser? À rien du tout. Et Daniel lui pardonnerait en voyant son merveilleux cadeau.

Paddy courut jusqu'à la cachette. La liasse n'avait pas bougé. Il en sortit un seul billet tout neuf et eut un instant d'hésitation. S'il achetait ce cadeau à Daniel, peut-être pouvait-il aussi leur acheter à chacun de nouveaux vêtements. S'ils n'étaient pas habillés comme des miséreux, personne n'aurait de soupçons au sujet de l'argent. De plus, ils pourraient s'approvisionner dans des poches de meilleure qualité s'ils ne se faisaient pas constamment chasser comme des malpropres.

Non, décida-t-il. *Tu achètes seulement l'ensemble de papeterie. Et tu ne touches pas au reste de l'argent.*

Il retourna vers la boutique du papetier.

*

Au début de l'après-midi, Daniel commença à regretter d'avoir refusé le pâté à la viande. *On ne pense pas très bien l'estomac vide,* se dit-il. Les lignes de ses croquis du *Titanic* commençaient à s'embrouiller et à danser sous ses yeux.

Il n'arrivait à rien. Peut-être que M. Andrews *avait* vraiment conçu un navire insubmersible, après tout.

En tendant la main vers un crayon mieux aiguisé, il s'érafla le bras sur le bois usé de la vieille table.

– Ouille!

Il examina les dommages. Une éclisse avait laissé une vilaine marque rouge sur son avant-bras, du poignet jusqu'au coude.

La réponse qu'il cherchait s'imposa aussitôt à lui.

Il était parti du principe qu'il faudrait une collision spectaculaire pour faire couler un mastodonte comme le *Titanic*. Mais peut-être n'avait-il pas abordé la question sous le bon angle? Le bois rugueux lui avait à peine effleuré la peau, et pourtant il avait laissé une longue marque sur son avant-bras. Pouvait-il arriver la même chose à un navire de ligne? Pas une collision dévastatrice, mais une rencontre avec un objet qui glisserait sur son flanc et y ouvrirait une longue brèche... Une brèche qui s'étendrait sur plusieurs de ses compartiments étanches... Le *Titanic* pouvait flotter avec quatre compartiments endommagés. Mais avec 5? Ou 10? Ou tous les 16?

Il coulerait, c'était certain!

Daniel se remit à crayonner avec une énergie et une excitation renouvelées.

Quand il eut terminé, il inscrivit son nom et la date au-dessus. Il avait hâte d'exposer sa théorie à Paddy. Mais il devait d'abord la soumettre à l'architecte du *Titanic*. Il ressentait une impatience presque douloureuse.

Il devait présenter son dessin à Thomas Andrews avant que la magnifique création du grand architecte ne l'emmène à l'autre bout du monde.

CHAPITRE CINQ

BELFAST
Mardi 2 avril 1912, 16 h 15

Le papetier commença par regarder Paddy d'un air soupçonneux, mais le billet d'une livre tout neuf valait bien une lettre d'introduction du roi George lui-même.

– Je dois envoyer mon apprenti à la banque avec ton billet, dit-il enfin, pour être certain que ce n'est pas un faux.

Paddy hocha la tête, indécis. Devait-il s'en formaliser? Il n'en avait aucune idée. Comme il n'avait jamais essayé de dépenser du papier monnaie, il ignorait si c'était ou non la pratique habituelle. Il resta assis sur un petit tabouret de bois, mal à l'aise, tandis que le papetier emballait son achat dans du papier de boucher.

– Ça ne sera pas long, mon garçon. La banque est juste au coin de la rue.

L'homme avait raison. Ce ne fut pas long. Moins de cinq minutes plus tard, le jeune apprenti était de retour. Suivi d'un homme vêtu d'un manteau en pied-de-poule que Paddy connaissait trop bien.

Paddy se sentit défaillir. Il était pris! Et tout ça, à cause de sa propre stupidité! Daniel l'avait pourtant averti de ne pas dépenser les billets de banque!

– Dès que j'ai vu ce jeune homme, expliqua le papetier au nouveau venu, je me suis dit que c'était sûrement un des petits vauriens que vous cherchiez.

– En effet, confirma l'homme d'une voix bourrue. J'apprécie votre aide, Finn.

– Merci, monsieur Gilhooley.

Paddy ouvrit de grands yeux. « Gilhooley »? C'était un nom que tout le monde connaissait à Belfast. James Gilhooley était un criminel, il régnait en roi et maître sur le district du port comme sur la moitié de la ville.

– Je vois que tu as entendu parler de mon frère, gronda le nouveau venu. Et maintenant, tu me connais moi aussi. Je suis Kevin Gilhooley, et tu ferais mieux de t'en rappeler.

Paddy n'en revenait pas que leur chance ait tourné aussi vite. Quelques jours auparavant, ils avaient mis la main sur une petite fortune, et ils avaient été traités en égaux par Thomas Andrews lui-même. Eh bien, quand une chose semblait trop belle pour être vraie, c'était généralement parce qu'elle n'était pas vraie. Ils avaient volé les redoutables Gilhooley. Et tout le monde savait que ces gens-là ne pardonnaient jamais rien. Quand on s'attaquait à eux, il fallait s'attendre à ce qu'ils répliquent... en cent fois pire!

Paddy décida qu'il était inutile de mentir.

– Si on avait su que c'était vous, monsieur Gilhooley,

on n'aurait jamais fait ça. On va vous rendre votre argent, jusqu'au dernier sou, et vous n'aurez plus jamais de problème avec nous.

– Ça, ça me fait chaud au cœur, répondit Kevin Gilhooley. Quand je vois des petits rats de cale comme toi, ça me rappelle mon enfance. Mais tu as volé les Gilhooley, mon garçon, et on ne peut pas laisser croire que c'est acceptable. Il va falloir qu'on fasse un exemple, avec toi et ton partenaire. Alors, où est-ce qu'on peut le trouver, celui-là?

Paddy décida sur-le-champ qu'il n'était pas question de laisser ces bandits s'approcher de Daniel. Il devait se débrouiller seul.

– On n'a pas besoin de lui, promit-il. Je vais vous mener à la cachette.

Le visage de Kevin Gilhooley s'assombrit, et ses sourcils broussailleux se froncèrent en une seule ligne noire.

– Je me suis trompé. Tu n'es pas du tout comme moi quand j'avais ton âge. Je n'aurais pas hésité à vendre un ami pour sauver ma peau.

Lentement, calmement, il sortit un coup-de-poing américain de sa poche et l'enfila sur sa main droite.

– Regarde-toi bien dans le miroir, jeune homme, parce que tu ne te reconnaîtras plus quand j'en aurai fini avec toi.

Si Paddy avait été du genre à avoir peur des brutes, il serait resté au village avec son beau-père. Mais comment échapper à ce criminel? Il bloquait complètement la sortie.

L'homme fit un pas en avant, l'air menaçant.

Paddy bondit sur ses pieds, saisit le tabouret sur lequel il était assis et le brandit dans les airs comme un bouclier.

– Tu vas devoir trouver mieux que ça, mon garçon! lança Kevin Gilhooley avec un rire cruel.

Après avoir réfléchi une fraction de seconde, Paddy prit son élan et lança le tabouret, non pas vers l'homme, mais vers la vitrine de la boutique. Elle se brisa en mille morceaux. Avant même que les éclats aient fini de retomber, Paddy sauta par la fenêtre et détala à toute vitesse dès que ses pieds eurent touché le pavé.

Il disparut rapidement au coin de la rue, emprunta les ruelles et traversa les cours arrière, faisant appel à toutes les techniques de fuite perfectionnées depuis un an pour survivre. Après une multitude de détours, il envisagea enfin de se diriger vers la maison. Il devait avertir Daniel qu'ils étaient poursuivis par les pires criminels de Belfast.

Il gravit en vitesse le mur qui menait à l'escalier de secours et se faufila derrière la planche disjointe.

– Daniel? chuchota-t-il.

Pas de réponse. L'imprimerie était déserte. Daniel était probablement sorti chercher à manger.

Un autre détail retint l'attention de Paddy quand il parcourut la pièce des yeux. Tous les croquis du *Titanic* avaient disparu. Il se sentit soulevé par une vague d'excitation qui lui fit presque oublier sa peur des

Gilhooley. Daniel les avait sûrement apportés à M. Andrews. Il avait donc trouvé ce qui pourrait faire couler le grand navire!

Mais cela voulait également dire qu'il se promenait en ville sans se douter du danger.

Paddy ressortit et se mit à courir vers Queen's Island. Les rues étaient noires de monde, mais la plupart des gens s'écartaient sur son passage. Quand un gamin des rues filait à toutes jambes, c'était généralement avec le portefeuille de quelqu'un d'autre.

Tout près de l'entrée du chantier maritime, Paddy aperçut la mince silhouette de Daniel qui marchait d'un pas résolu, un rouleau de papier sous le bras. Il s'élança pour le rattraper.

– Daniel! Daniel, Dieu merci, te voilà!

Un sourire resplendissant illuminait le visage de Daniel.

– Viens voir M. Andrews avec moi, dit-il. J'ai trouvé la réponse!

– Daniel, écoute-moi! le coupa Paddy. Les 12 livres, dans la pince à billets... L'homme qu'on a dévalisé, c'est Kevin Gilhooley! Le frère de James Gilhooley!

– Comment le sais-tu? siffla Daniel. Tu as essayé de dépenser un des billets, hein?

– Ça n'a plus d'importance, maintenant! répondit Paddy. Ils veulent se servir de nous pour montrer à tous les gens de Belfast ce qui arrive à ceux qui osent s'en prendre aux Gilhooley!

– Peut-être que M. Andrews pourra nous aider, répondit Daniel, songeur.

– Comment? C'est un architecte naval, pas un flic! Et puis, de toute manière, la moitié des policiers de la ville sont payés par les Gilhooley!

– C'est un homme important, insista Daniel. On peut au moins lui demander son avis.

Il se tourna vers le gardien posté à la grille du chantier naval.

– Je m'appelle Daniel Sullivan. M. Thomas Andrews nous attend, mon ami et moi.

L'homme vérifia sa liste, puis examina Daniel d'un air soupçonneux.

– *C'est toi*, Daniel Sullivan? Tu peux le prouver?

– Il sait quelque chose d'important au sujet du *Titanic*, intervint Paddy. Il apporte des croquis pour M. Andrews.

L'homme n'avait pas l'air convaincu, mais il capitula.

– Bon, d'accord. M. Andrews est à bord en ce moment, en train de superviser le chargement des marchandises. Le *Titanic* vient de rentrer de ses essais en mer, et c'était une réussite, ajouta-t-il avec un sourire. Vous ne pouvez pas vous tromper. C'est le plus gros, avec les quatre cheminées.

Ils s'élancèrent vers le quai. Le *Titanic* dominait déjà le paysage à Belfast, mais ici, chez Harland and Wolff, il était aussi imposant qu'une chaîne de montagnes. Les garçons n'eurent pas besoin d'indications pour le trouver. Tout en se frayant un chemin entre les camions de livraison, ils durent s'étirer le cou vers l'arrière pour apercevoir le sommet de son mât et de ses imposantes cheminées. Mais, plus encore que sa hauteur, c'était sa longueur qui était impressionnante : près de 270 mètres, plus d'un quart de kilomètre. Debout, il aurait été, et de loin, la plus haute structure faite par l'homme au monde.

La passerelle d'embarquement principale se trouvait au niveau de la mer, tellement loin des ponts supérieurs rutilants, qu'on aurait dit qu'elle menait sous le grand navire plutôt qu'à l'intérieur. Elle grouillait de débardeurs qui transportaient de l'équipement et des ballots de marchandises à bord. À la proue, une immense grue hydraulique chargeait les provisions et le matériel plus lourd.

– Quand est-ce qu'il part? demanda Paddy.

Daniel nota la position du soleil, déjà bas dans le ciel.

– Bientôt. Il faut trouver M. Andrews tout de suite.

Le reste se passa tellement vite que Paddy eut du mal, plus tard, à se souvenir de la scène. Il aperçut du coin de l'œil un pan de tissu pied-de-poule. Puis, un gourdin s'abattit sur son dos et lui coupa le souffle. La douleur n'était pas vraiment atroce, mais il eut l'impression qu'une explosion l'avait projeté sur le quai avec une force extraordinaire. Il entendit des coups non loin de lui et tenta de voir ce qui se passait. Tout ce qu'il put distinguer, entre deux nausées, ce fut plusieurs paires de jambes qui s'enfuyaient sur de grosses bottes boueuses. Les hommes de Gilhooley?

Mais où est Daniel? se demanda Paddy.

Il entendit son ami crier.

– Cours, Paddy!

Il essaya d'obéir, mais ses jambes étaient toutes molles, incapables de soutenir son poids. Il rampa sur les planches rugueuses du quai, en attendant le prochain coup qui le tuerait sûrement.

Un bruit de course retentit sur le quai, et une voix cria :

– Allez faire vos sales besognes ailleurs!

– Vous savez à qui vous parlez? À Kevin Gilhooley! Si vous voulez bien vous occuper de vos affaires, mon frère et moi vous en serons reconnaissants!

Au grand désespoir de Paddy, l'employé de la Harland and Wolff battit en retraite. Daniel et lui étaient désormais à la merci de ces hommes sans pitié.

CHAPITRE SIX

Un gros objet barra la route de Paddy. Quand il tendit le bras pour le pousser de côté, sa main déchira une épaisseur de papier brun et s'enfonça dans une sorte de nuage blanc, très moelleux. Des draps et des couvertures en toile irlandaise, doux comme de la soie. Sans réfléchir, il roula sur le côté et s'enfonça dans le ballot, en priant tous les saints du ciel que personne ne l'ait vu.

Au même moment, il entendit le hurlement de terreur de Daniel, suivi du craquement d'un gourdin sur un objet dur.

Paddy se retourna tant bien que mal dans son cocon et se risqua à regarder dehors, juste à temps pour voir s'éparpiller une dizaine de papiers emportés par le vent. Une des feuilles atterrit contre le ballot, et Paddy tendit le bras pour l'attraper. Les quatre cheminées lui sautèrent aussitôt aux yeux. C'était un des croquis que Daniel avait faits du *Titanic*! Son ami ne se serait jamais séparé de ses dessins, à moins d'être absolument incapable de faire autrement.

Paddy se démena comme un diable pour se libérer de sa prison de toile. Une partie de son cerveau comprenait très bien qu'il n'avait aucune chance de l'emporter contre une bande aussi violente que celle des Gilhooley. Mais, en même temps, il préférait sortir de sa cachette et se faire tuer plutôt que de laisser Daniel mourir seul.

Tandis qu'il se tortillait pour se dégager, un mouvement brusque lui fit descendre l'estomac jusque dans les orteils. Le ballot quittait le sol et s'élevait dans les airs!

Il était tellement abasourdi que, pendant plusieurs secondes terrifiantes, il crut être secouru par la main de Dieu. La réalité lui apparut lentement lorsqu'il aperçut le pont avant du *Titanic*.

On me transporte à bord avec le ballot!

Mais où était Daniel?

Paddy tenta de sortir sa tête pour regarder au-delà du papier d'emballage qui claquait au vent, mais impossible de voir le quai. Il ne voulait pas risquer de tomber et de s'écrabouiller le cerveau sur leur beau pont tout neuf...

Au prix d'efforts frénétiques, il parvint à se retourner et à s'enfoncer de l'autre côté du ballot. Il déchira le papier d'emballage à coups de poing et réussit à apercevoir le quai. Il ne vit ni Daniel, ni les hommes des Gilhooley. La seule trace de leur passage était une tache sombre sur les planches rugueuses.

Une tache de sang.

Le sang de Daniel.

Même lorsqu'il avait quitté son village, sa mère, ses sœurs et tout ce qu'il connaissait, Paddy n'avait pas sangloté comme maintenant, dans les draps et les couvertures qui lui avaient permis de se cacher, et lui avaient ainsi sauvé la vie.

Daniel était mort. Les 14 années de la vie de Paddy n'avaient pas été une partie de plaisir, mais presque tous ses souvenirs agréables étaient liés à Daniel Sullivan. Et maintenant, son ami était mort, assassiné par Kevin Gilhooley et ses hommes.

Ça ne serait jamais arrivé si j'avais écouté Daniel et si je n'avais pas essayé de dépenser ce maudit billet. Maintenant, il est mort, et c'est ma faute, exactement comme si j'avais moi-même abattu le gourdin sur lui!

Il sentit soudain le papier dans sa main. Le croquis, le dernier qu'avait dessiné Daniel. Il le plia et le glissa sous sa chemise, tout près de son cœur.

C'était étrange... Il était seul au monde, avec une bande de meurtriers à sa poursuite, suspendu à une grue à une dizaine de mètres au-dessus du pont d'un luxueux navire de ligne, mais il ne s'était pas encore posé cette question pourtant évidente : « *Qu'est-ce que je vais devenir?* »

Une chose était sûre : quoi que lui réservent les gens de la White Star Line, les gardiens du chantier naval, la police de Belfast ou même Kevin Gilhooley, il le méritait. Il avait causé la mort de son meilleur ami.

Pourtant, l'instinct de survie était aussi puissant en lui que les battements de son cœur. S'il avait parcouru la moitié de l'Irlande à pied, s'il avait réussi à se débrouiller seul dans cette ville cruelle, ce n'était pas pour tout laisser tomber maintenant.

Le bruit que fit le ballot en atterrissant sur le pont du *Titanic* le ramena brusquement à la réalité. Il jeta un bref coup d'œil aux alentours, malgré un champ de vision limité, se glissa hors de sa cachette et fila sur les planches bien cirées. Après une véritable course d'obstacles entre poids et contrepoids de différentes tailles, il atteignit l'ouverture d'un panneau de chargement où il s'étendit à plat ventre. Il baissa les yeux et faillit rendre le pâté à la viande qu'il avait dérobé un peu plus tôt, en proie au vertige. Il y avait un trou d'une trentaine de mètres!

Deux escaliers en colimaçon en fer forgé descendaient vers le fond de la cale, interrompus par des paliers menant aux différents ponts. Paddy prit un des escaliers, et se figea aussitôt. Il sentit, plus qu'il ne les entendit, les pas de quelqu'un qui grimpait vers lui, beaucoup plus bas. Il remonta prestement jusqu'au pont avant, maintenant désert.

Sous le nid de pie, il dévala un autre escalier jusqu'au pont du coffre et s'élança vers la superstructure d'un blanc immaculé. En arrivant dans le couloir de la première classe, il eut une étrange impression, comme si ses bottes usées s'enfonçaient dans de la mélasse. C'était de la moquette... une moquette tellement moelleuse, tellement épaisse, qu'elle lui arrivait presque aux chevilles. Paddy n'avait jamais marché, ni même dormi d'ailleurs, sur une surface aussi douillette.

Les murs – les cloisons - étaient couverts de panneaux de bois, fraîchement peints d'un blanc brillant et ponctués de lampes électriques en laiton poli. Et, même si Paddy n'était vraiment pas un expert, les tableaux encadrés lui parurent très coûteux.

La porte d'une cabine était entrouverte. Il jeta un coup d'œil à l'intérieur pour s'assurer qu'elle était vide. Il eut le souffle coupé. Il n'était jamais allé à Buckingham Palace, mais il était certain que rien ne pouvait être plus somptueux que cette pièce : un lit à baldaquin en laiton, de lourdes tentures de velours, des murs tapissés de soie, un plafond voûté, des meubles luxueux et une élégante porte à deux battants qui s'ouvrait sur un pont promenade privé.

Il avait peine à croire que l'imprimerie sale et décrépite qu'il avait partagée avec Daniel se trouvait sur la même planète que cet endroit de rêve.

Par la fenêtre – une vraie fenêtre, pas un simple hublot –, les immeubles et les clochers de Belfast s'élevaient sur l'arrière-plan des collines environnantes. Depuis plus d'un an, il était chez lui dans cette ville. Mais, maintenant que Daniel n'était plus là, il ne lui trouvait plus aucun intérêt. De toute manière, il ne pouvait pas rester. Les Gilhooley le retrouveraient tôt ou tard. Sinon demain, du moins la semaine prochaine, ou alors la suivante.

Et voilà qu'il avait atterri dans cette ville flottante, beaucoup plus belle que celle qui se trouvait de l'autre côté de la fenêtre.

La décision fut facile à prendre. Sur un navire de cette taille, qui pouvait contenir des milliers de passagers et de membres d'équipage, qui remarquerait un petit passager clandestin à la recherche d'une vie nouvelle?

Il s'en allait en Amérique.

CHAPITRE SEPT

AU-DESSUS DE LA MANCHE
Mercredi 3 avril 1912, 8 h 20

Les eaux de la Manche scintillaient comme des diamants sous le soleil du petit matin.

Mais Juliana Glamm ne l'a pas remarqué. Sa seule préoccupation à ce moment, c'était la sécurité de l'aéroplane Sopwith qui les transportait, son père et elle, à 300 mètres au-dessus des falaises de la côte.

Ça, un aéroplane? Un cerf-volant amélioré, oui! Le biplan n'était guère qu'un fragile cadre de bois tendu de tissu. La moindre petite brise le faisait valser. Quant à ce qui le maintenait dans les airs, seul le bon Dieu dans sa grande miséricorde – pourvu qu'elle dure, cette miséricorde! – savait ce que c'était.

– Il faut qu'il soit *léger*, Julie, avait expliqué son père. Tout ça est fondé sur la science de l'aérodynamique.

Juliana s'accrochait à la courroie de cuir de son siège, la seule chose qui la retenait à cette machine volante. Son père, 17e comte de Glamford, ne connaissait absolument rien à la science. Il se spécialisait plutôt dans des activités

qui défrayaient la chronique des pages mondaines : le
polo, le pugilat, le jeu et, maintenant, l'aviation.

La seule chose ayant une certaine substance, dans ce
mouchoir volant, c'était le moteur à hélice, qui grondait
et vibrait entre les ailes doubles. Même cela n'était pas
très rassurant, puisque l'appareil était beaucoup plus
lourd à l'avant qu'à l'arrière. Tôt ou tard, il allait sûrement
piquer du nez! À 15 ans, Juliana était beaucoup trop
jeune pour qu'on lui demande de sacrifier sa vie
simplement parce que son père voulait jouer aux pionniers
du 20ᵉ siècle.

Elle se dévissa le cou pour regarder son père, assis dans
le siège du pilote.

– Quand est-ce qu'on rentre? cria-t-elle pour couvrir le
bruit du moteur.

Son père lui jeta un regard joyeux derrière ses lunettes
d'aviateur.

– J'ai une petite surprise pour toi! annonça-t-il en
souriant.

Elle était fouettée par le vent, terrifiée, étouffée par les
vapeurs de carburant. Elle avait la nausée à cause des
mouvements saccadés de l'aéroplane et elle était
probablement devenue sourde, avec tout ce bruit. En plus,
ses longs cheveux étaient certainement tout aplatis sous
son casque d'aviateur, et Dieu seul savait quand elle
pourrait les brosser. Une petite surprise? Ce premier
voyage en avion lui suffisait pour aujourd'hui!

Mais on ne pouvait pas dire ce genre de choses à

Rodney, comte de Glamford. C'était un homme habitué à faire tout ce qu'il voulait. Lady Glamm, sa pauvre femme, avait renoncé depuis longtemps à lutter contre sa passion pour le jeu et ses autres passe-temps scandaleux. Pourquoi leur fille de 15 ans aurait-elle eu plus de succès?

Elle fit l'erreur de regarder en bas. Ils étaient maintenant au-dessus de la côte. Elle ne pouvait donc plus espérer un atterrissage en douceur sur l'eau, avec les flotteurs de l'aéroplane. Si quelque chose tournait mal, ils iraient s'écraser sur les falaises d'un gris crayeux.

– Vous êtes sûr que cet avion est sécuritaire? demanda Juliana. Et si tout à coup le moteur s'arrête?

– Tant qu'il reste du carburant, le moteur ne s'arrêtera pas. Tiens, ma fille! Regarde là-bas! répondit son père en lâchant momentanément la manette de commande pour désigner quelque chose au loin, par delà l'ombre circulaire produite par l'hélice en mouvement.

Devant eux, les falaises de la côte anglaise faisaient place à un port animé, autour duquel s'étendait la ville de Southampton.

– Quoi? La ville?

Les maisons ressemblaient à des boîtes d'allumettes et, dans le port, les docks formaient un quadrillage minuscule.

C'est alors que Juliana aperçut le navire. Il lui parut d'abord ressembler à n'importe quel petit bateau, jusqu'à ce qu'elle se rende compte à quel point il était loin. Au moins un kilomètre. Non, plusieurs kilomètres. Elle compta les cheminées : une... deux... trois... quatre.

– C'est?

– Le RMS *Titanic*, tout juste arrivé de Belfast hier soir, termina le comte avec un gigantesque sourire.

Dans une semaine, Juliana et son père prendraient part à la traversée inaugurale du *Titanic*. Il les mènerait à New York, où ils devaient rencontrer un associé du comte, un homme qui était propriétaire de plusieurs puits de pétrole dans un endroit appelé « le Texas ». Il appelait ces puits des « gushers ». Quel mot vulgaire! En fait, Juliana trouvait tout cela vulgaire et beaucoup trop prolétarien. Pourquoi son père tenait-il à fréquenter un homme qui creusait des trous dans le sol, aussi riche soit-il?

Mais il ne servait à rien de chercher à comprendre ce qui se passait dans la tête du 17ᵉ comte de Glamford. C'était aussi futile que de chercher à prédire les conditions météorologiques qui faisaient alterner pluies torrentielles et terribles sécheresses dans le domaine familial, non loin de Londres.

– N'est-il pas magnifique, Julie? demanda son père.

Le navire était magnifique, en effet. Et immense. Plus le biplan s'en approchait, plus les dimensions impressionnantes du *Titanic* devenaient évidentes. L'immense coque noire du mastodonte ressemblait davantage à une île lointaine qu'à une construction humaine. Et quelle île! Étroite et très longue, avec un pont bien ciré qui brillait presque autant que les crêtes d'écume, et une superstructure rutilante qui constituait à elle seule un des édifices les plus gros et les plus modernes au monde.

– On va voir ça de plus près? proposa le comte en appuyant sur le manche.

Et, soudain... ils se mirent à descendre.

Non, pas à descendre : à *plonger en piqué*, le cercle formé par la rotation de l'hélice dirigé droit vers le *Titanic*.

– Père! hurla Juliana, horrifiée, en se tournant vers le siège du pilote.

Derrière elle, son père vivait un moment d'extase.

Juliana sentit ses oreilles se boucher, puis se déboucher tandis que le navire grossissait à vue d'œil. Lorsqu'ils furent à moins de 60 mètres du mât, la longueur exceptionnelle du bâtiment emplit complètement son champ de vision. Sur le pont de dunette, un débardeur terrifié agitait les bras en hurlant.

Quoi? Un simple ouvrier criait après Rodney Glamm comme si c'était un aliéné échappé de l'asile? Juliana aurait été offensée, si elle n'avait pas songé plus d'une fois à le faire elle-même.

Ils poursuivaient leur descente folle.

Le comte s'amusait beaucoup.

– Que dirais-tu d'offrir un petit spectacle à ces bonnes gens?

Le père et la fille continuèrent leur descente vers la perle de la White Star Line. Lorsqu'ils ne furent plus qu'à une quinzaine de mètres du sommet des gigantesques cheminées, Juliana eut la certitude qu'ils allaient être réduits en miettes. Mais à ce moment-là, son père ramena le manche vers lui pour remettre l'aéronef à l'horizontale. L'appareil vibra légèrement avant de se stabiliser, juste au-dessus des quatre cheminées.

Au même instant, Juliana entendit un énorme grondement et sentit une bouffée d'air torride s'échapper de la cheminée avant. Les poumons remplis de fumée, elle se mit à tousser sans pouvoir s'arrêter. Le monde environnant disparut, remplacé par un nuage d'âcre fumée noire.

Mais ce n'était pas cela, le plus terrifiant...

La machine volante perdit soudain de la hauteur, aspirée par le courant descendant. Le comte tira frénétiquement sur le manche, dans un effort désespéré pour guider le petit aéronef en lieu sûr. Le biplan gîta sur le côté, son aile double passant à quelques mètres d'une collision catastrophique. Juliana vit l'énorme cheminée se rapprocher, comme un géant sur le point d'aplatir un insecte importun. Puis, aussi soudainement qu'il avait perdu le contrôle, le pilote réussit à redresser son appareil et à le faire monter en flèche hors de danger, pour s'éloigner rapidement du *Titanic* et de Southampton.

Même le fantasque comte de Glamford était ébranlé d'être passé aussi près de la catastrophe.

– Eh bien, voilà qui était excitant, n'est-ce pas, Julie?

Juliana, agrippée à la courroie de son siège, attendit que les battements de son cœur se calment suffisamment pour qu'elle puisse respirer à nouveau. Elle jeta un coup d'œil d'envie par-dessus son épaule, vers l'immense masse du *Titanic* qui dominait le port et la côte anglaise.

Le pont du plus grand navire de ligne au monde lui parut solide comme le roc : elle s'y sentirait sûrement en sécurité.

CHAPITRE HUIT

SOUTHAMPTON
Samedi 6 avril 1912, 13 h 45

Les gens riches étaient complètement fous.

Évidemment, Paddy n'avait jamais croisé beaucoup de gens riches, sauf pour fouiller dans leurs poches. Mais le gymnase mis à la disposition des passagers de première classe était une preuve suffisante.

Il y avait une bicyclette montée sur un socle, de sorte que les roues ne touchaient pas le sol. On pouvait pédaler là-dessus jusqu'à avoir les jambes en coton, sans pour autant avancer d'un centimètre.

Moi, en tout cas, si j'avais la chance de ne jamais avoir à lever le petit doigt, je n'irais pas inventer un appareil sophistiqué pour le plaisir d'être aussi fatigué que les autres!

Les quatre dernières nuits, depuis que la grue l'avait déposé sur le pont du *Titanic*, il avait dormi sur les tapis d'exercice, dans le placard où était rangé l'équipement du gymnase. Il n'avait pas prévu de se retrouver là, mais il devait admettre que ce n'était pas si mal. Comme l'équipage monté à Belfast était très réduit, Paddy avait le plus grand navire de ligne au monde presque pour lui tout seul.

Sa vie sur le *Titanic* à peu près vide était nettement plus facile que survivre dans les rues de Belfast. Il y avait de la nourriture en abondance dans la cuisine et, à voir la taille impressionnante des dépenses et des glacières, il y en aurait bientôt beaucoup plus, assez pour nourrir une armée. Qui sait? Quand toutes ces tablettes seraient remplies, même les pâtés à la viande de Mme O'Dell finiraient peut-être par ressembler aux maigres rebuts que Daniel et lui trouvaient autrefois dans les poubelles.

Daniel. Le simple nom de son ami suffisait à lui couper le souffle et à transformer ce rutilant navire de rêve en poussière noire comme le charbon qui le faisait avancer. Daniel était parti, assassiné par les Gilhooley, ne laissant à Paddy que sa peine et un chapelet de « si seulement ». Si seulement il avait trouvé quelqu'un d'autre à détrousser; si seulement il n'avait pas essayé de dépenser ce billet; si seulement Daniel avait été là pour le raisonner au lieu de rester à l'imprimerie à essayer de trouver ce qui pourrait faire couler le *Titanic* pour Thomas Andrews.

Paddy tâta la feuille de papier sous sa chemise. C'était tout ce qu'il lui restait de Daniel, il n'aurait jamais rien de plus. Il avait examiné le croquis, qui montrait le *Titanic* avec une épaisse ligne sinueuse courant le long de sa coque. Paddy ne comprenait pas très bien comment cette simple égratignure pourrait faire couler un navire insubmersible. Mais ça n'avait plus d'importance. Daniel était mort. Et de toute manière, M. Andrews avait réalisé le navire le plus extraordinaire du monde entier. Aucun accident, aucune tempête, aucune force de la nature ne pouvait détruire cette merveille flottante.

La longueur du mastodonte couvrait à elle seule la distance entre leur imprimerie et la rivière Lagan. Son luxe et son modernisme feraient ouvrir de grands yeux aux plus élégants dandys de Belfast. Les lampes fonctionnaient à l'électricité, et il y avait même des ascenseurs électriques à la disposition des gens trop riches pour monter l'escalier. Dans la « salle Marconi », on pouvait envoyer des messages de télégraphie sans fil à d'autres navires et même jusqu'à la côte. Sans parler de la piscine chauffée, du court de squash et des bains turcs, avec une vapeur assez dense pour suer à grosses gouttes, même si Paddy n'en voyait vraiment pas l'intérêt.

Ces derniers jours, il avait exploré le grand navire de la proue à la poupe en notant mentalement l'emplacement de toutes les trappes, de tous les placards, de tous les coins et recoins qui pourraient lui servir de cachette en cas de besoin. Il était ébloui par tout ce qu'il voyait. Deux escaliers monumentaux, en bois massif, étaient sculptés de motifs complexes et surmontés de vitraux spectaculaires. Les monter donnait l'impression d'être à l'église. La salle à manger de première classe était tellement immense, tellement élégante, tellement magnifique, que Paddy imaginait facilement qu'on puisse y oublier de manger. S'il avait le choix, le pape lui-même quitterait sûrement le Vatican pour le plaisir de voyager entre l'Angleterre et l'Amérique à bord du *Titanic*.

Explorer le navire était tellement passionnant que Paddy serait volontiers resté à bord jusqu'à la fin de ses jours. Mais il savait que très bientôt, le *Titanic* ne serait plus aussi désert ni aussi accessible. Déjà, bagages et marchandises se faisaient plus nombreux, et l'activité s'intensifiait. Il ne pouvait plus se faufiler sur le pont n'importe quand pour observer l'Angleterre, ce pays dont il avait tant entendu parler, mais qu'il n'avait jamais cru voir un jour. Même dans le ventre du navire, il y avait souvent entendu des bruits de pas et dû se cacher en vitesse à quelques reprises. Il ne pouvait pas se permettre d'être découvert. Ses vêtements en loques révéleraient immédiatement qu'il n'était pas à sa place au milieu de cette opulence.

Cela posait d'ailleurs un problème. Quand le navire serait plein, il lui faudrait passer inaperçu. En ce sens, sa vie à bord du *Titanic* ne serait en rien différente de celle dans les rues de Belfast. S'il avait besoin de quelque chose, il devrait voler.

Paddy alla jeter un coup d'œil dans l'immense buanderie située sur le pont F. Il aperçut des dizaines de chaudrons, qui seraient bientôt remplis d'eau bouillante et savonneuse. Mais pour le moment, les séchoirs étaient vides, tout comme les paniers à linge. Personne ne ferait de lessive ici avant l'arrivée des passagers et des membres d'équipage. Paddy fronça les sourcils, frustré. Où diable pourrait-il se trouver des vêtements?

Il était sur le point de s'en aller quand il aperçut une petite porte dans un coin de la pièce. Elle n'avait rien à voir avec les portes lambrissées des parties les plus élégantes du navire. Elle ressemblait plutôt aux modestes ouvertures des cabines d'entrepont, là où s'entasseraient les passagers de troisième classe. Il s'avança pour voir de quoi il s'agissait. Un cadenas ouvert était suspendu au verrou.

Doucement, il ouvrit la porte et jeta un coup d'œil à l'intérieur. La pièce était remplie d'uniformes noir et blanc destinés à l'équipage, et pendus à une série de portemanteaux. Il choisit d'abord un épais tricot à torsades portant l'écusson de la White Star Line, mais le déposa bientôt pour prendre une courte veste noire. Parfait! Il aurait tout à fait l'air d'un marin dans cette veste.

Il choisit la plus petite taille, ce qui était déjà un luxe en soi. Normalement, les mendiants comme lui devaient se contenter des vieilles nippes qu'ils trouvaient. Il enleva son manteau élimé et sa chemise, qui n'était guère plus qu'une loque et qui ne sentait plus le frais. Il se débarrassa de ses brodequins cloutés et jeta un regard désolé à ses chaussettes trouées, trempées de sueur. Vint ensuite son pantalon usé, boueux et trop serré. Il ne s'en ennuierait pas!

Au contact de la chemise amidonnée sur sa peau,

Paddy ressentit aussitôt une chaleur qui n'avait rien à voir avec la température. C'était donc ainsi que les riches se sentaient tout le temps... Propres, à l'aise – quoiqu'un peu empesés, peut-être, surtout au col. Mais il s'habituerait facilement. Il enfila le pantalon, puis passa la veste et le gilet noirs sur la chemise d'un blanc immaculé. En apercevant son reflet dans le miroir, il dut résister à l'instinct qui le poussait à fuir cet étranger aussi bien mis.

Dieu tout-puissant, si seulement Daniel pouvait me voir comme ça, beau comme le prince de Galles!

Il dut malheureusement remettre ses vieilles bottines, puisqu'il n'avait pas trouvé de chaussures. Il posa une casquette sur sa tête et fourra un nœud papillon dans sa poche. Il lui faudrait probablement tout le trajet jusqu'en Amérique pour apprendre à le nouer.

Un pupitre se trouvait à l'entrée du couloir principal. Un grand registre, une plume et un encrier y étaient posés, pour que les membres d'équipage puissent signer quand ils prenaient un uniforme. Quelle chance qu'il soit entré ici avant que le commis vienne prendre son poste!

Au même instant, la porte s'ouvrit, et il entendit des voix dans le couloir.

Pris de panique, il parcourut la pièce des yeux. Pour retourner à la buanderie, il lui faudrait courir à découvert... et son aventure sur le *Titanic* serait terminée avant même d'avoir commencé. Désespéré, il poussa ses vieux vêtements sous le support à uniformes et se précipita dans la cabine où les employés iraient se changer. Il ferma les rideaux et grimpa sur le tabouret pour que les nouveaux venus ne puissent pas voir ses bottes.

Dans ce sens-là aussi, sa vie à bord du *Titanic* ressemblait à son ancienne existence à Belfast : il devait encore se cacher, retenir son souffle et prier que personne ne le trouve.

*

— Quand je t'ai vu qui m'attendais sur le quai, fiston, j'ai failli sauter du pont, au risque d'aller me faire éclater la cervelle à tes pieds! disait John Huggins à son fils en entrant dans le vestiaire.

Il avait une voix grave et rugueuse, après tant d'années passées à charger du charbon dans d'innombrables salles de machines.

— Je regrette seulement de pas avoir de meilleures nouvelles à t'annoncer, répondit tristement Alfie.

Le gros homme lui ébouriffa les cheveux.

— Faut pas être trop dur avec ta pauvre mère. Elle n'a jamais été faite pour le genre de vie que je lui ai donné. Elle était toujours toute seule, la tête dans les nuages. Elle n'a jamais été très débrouillarde, ça, c'est sûr. Mais au moins, elle a bien réussi avec toi, ajouta-t-il, tout fier. Faut lui donner ça.

— Réussi avec moi? s'exclama Alfie, indigné. Elle a fichu le camp et elle m'a laissé sans un sou vaillant!

— Mais elle a fait un homme de toi, protesta son père. Le genre d'homme qui a eu l'intelligence de se faire embaucher par la White Star pour qu'on puisse naviguer ensemble. Ton vieux père aurait jamais pensé à ça. C'était très habile de ta part!

— J'ai dû mentir au sujet de mon âge, avoua Alfie, penaud. Je leur ai dit que j'avais 16 ans.

— Tu n'es pas le premier, et tu ne seras pas le dernier. Maintenant, faut te trouver une veste à ta taille. Tu as l'air d'avoir perdu tes mains, là-dedans.

— Vaudrait pas mieux attendre le commis? dit Alfie, nerveux.

— Tu prends rien, tu fais seulement un échange, expliqua John Huggins. C'est déjà signé. Mais maintenant, faut que je retourne travailler. C'est peut-être le bateau le plus moderne de tous les temps, mais ma chaudière va pas se remplir toute seule. J'aimerais bien voir ça, tiens!

Alfie ressentit des émotions contradictoires en regardant son père disparaître dans le couloir. Il était content de naviguer avec lui, mais c'était presque un étranger. Depuis la naissance d'Alfie, 15 ans plus tôt, son père avait presque toujours été en mer. En réalité, sa mère était son seul parent, et maintenant, *elle* était partie. Alfie n'était pas certain de la revoir un jour.

Et puis, les deux Huggins n'allaient pas travailler côte à côte. Employé comme chauffeur, P'pa serait en bas, dans les entrailles du navire, à pelleter du charbon dans les 29 chaudières du *Titanic*. Tandis qu'Alfie, en tant qu'aide steward de première classe, occuperait des fonctions sur des ponts plus haut.

– Tu vas côtoyer des princes et des millionnaires, fiston! avait annoncé son père.

Tout l'équipage en parlait. La liste des passagers, pour cette traversée inaugurale, incluait tout le gratin de la haute société : nobles de Grande-Bretagne et du reste de l'Europe, chefs d'industrie, magnats des affaires et autres, dont Alphonse Huggins et ses semblables pouvaient à peine concevoir la richesse. On disait même qu'un des passagers, un dénommé John Jacob Astor, était probablement l'homme le plus riche du monde. *Probablement!* C'était bien ça le plus étonnant – pas qu'il soit le plus riche, mais que personne ne puisse en être certain. Il était difficile d'imaginer qu'un homme ait trop d'argent pour pouvoir le compter et qu'il doive se contenter d'évaluer approximativement sa richesse!

Pourtant, Alfie aurait renoncé avec plaisir à l'immense fortune du colonel Astor si cela avait pu faire revenir sa mère.

Il savait que c'était une attitude enfantine. Il était un homme, maintenant. C'était du moins ce qu'il avait dit aux gens de la White Star Line. En soupirant, il se mit à fouiller dans les rangées de vestes et en essaya une qui semblait à peu près à sa taille. Au moins, ses mains dépassaient des manches. Oui, celle-là ferait l'affaire.

De retour dans le couloir, il tenta de se rappeler le chemin le plus rapide pour retourner dans la salle des machines numéro cinq. Son père devait y être. En théorie,

Alfie n'était pas censé se trouver à bord avant le début de la traversée, le 10 avril. Mais il n'avait nulle part où aller, et il y avait des hamacs vides dans les quartiers des mécaniciens, où dormait son père. Sur un navire de la taille du *Titanic*, personne ne s'en apercevrait. En tout cas, personne ne le dénoncerait. Les chauffeurs étaient comme des frères, lui avait dit son père. Ils trimaient dur côte à côte dans la même chaleur suffocante, étouffés par la même vapeur, la même fumée et la même poussière de charbon.

Alfie hésitait. Le *Titanic* était une merveille de génie maritime, mais c'était aussi un labyrinthe où des dizaines de couloirs s'entrecroisaient sur neuf ponts différents. Pour l'amener au vestiaire, son père avait pris le large couloir du pont E que l'équipage avait surnommé Scotland Road. C'était, paraît-il, le moyen le plus rapide de passer d'un bout à l'autre du navire. Mais en ce moment, Alfie était sur le pont F. Il n'était donc pas logique de monter d'un étage pour redescendre à la salle des machines. Du moins, c'était ce qu'il lui semblait...

Pendant qu'il s'interrogeait sur la direction à prendre, debout au milieu du couloir, la porte du vestiaire s'ouvrit sur un très jeune steward. Alfie sursauta. Il croyait pourtant que la pièce était vide!

Puis il prit peur. *J'ai dit que j'avais menti au sujet de mon âge!* a-t-il pensé.

Après un bref coup d'œil vers Alfie, le garçon tourna les talons et s'éloigna rapidement vers l'autre bout du couloir.

– Hey! tenta Alfie.

Le jeune steward accéléra le pas et disparut en haut des escaliers.

Alfie fronça les sourcils. Le garçon avait-il entendu son aveu? En vérité, il semblait encore plus jeune que lui, mais les apparences étaient souvent trompeuses.

Nerveux, Alfie retourna dans le vestiaire et parcourut les rangées d'uniformes dans l'espoir de trouver l'endroit où s'était caché le jeune steward. Il remarqua la porte qui menait à la buanderie déserte. Le garçon était-il sorti de là? Il n'avait peut-être rien entendu, après tout...

Il aperçut alors un tas de vêtements dissimulés par une rangée d'imperméables. Une veste, une chemise et un pantalon, usés et déchirés, et – à vue de nez – plutôt malodorants.

Les morceaux du puzzle se mirent aussitôt en place. Ce jeune « steward »... Était-ce un passager clandestin? Un gamin des rues qui avait échangé ses guenilles pour un uniforme de la White Star afin de se faire passer pour un membre de l'équipage?

Je dois avertir un officier tout de suite!

Mais il ne fallut qu'une seconde pour que le bon sens lui revienne. En attendant le 10 avril, Alfie lui-même n'était pas censé être à bord. En plus, si quelqu'un découvrait qu'il n'avait pas l'âge réglementaire, il serait chassé du navire.

Il valait mieux ne pas attirer l'attention sur lui.

Mais que faire des vieux vêtements? Devait-il les laisser là, tout simplement? Tout le monde saurait alors qu'il y avait un passager clandestin à bord.

Et si l'équipage se mettait à fouiller tout le navire pour déterminer qui avait le droit d'y être et qui ne l'avait pas...

Non, il devait s'en débarrasser. Mais où? Dans la poubelle? Quelqu'un les trouverait, inévitablement.

Il pensa alors aux immenses chaudières de cinq mètres de haut, dans lesquelles son père et ses compagnons alimentaient des feux assez chauds pour produire la vapeur nécessaire au plus grand navire de ligne au monde.

Combien de temps un tas de guenilles durerait-il dans un brasier pareil?

CHAPITRE NEUF

SOUTHAMPTON
Mercredi 10 avril 1912, 11 h 35

Sur le pont, le tourbillon d'activité prenait des proportions presque hystériques. La ruée pour faire monter à bord plus de 2000 passagers et nouveaux membres d'équipage tournait presque à l'émeute. Les parents et amis venus dire au revoir à leurs proches ajoutaient encore plus à l'agitation, tout comme les spectateurs impatients d'assister au départ de la fameuse traversée inaugurale.

Le train transportant les passagers de première classe était arrivé, et les membres les plus éminents de la haute société américaine et britannique s'étaient déversés sur le quai, vers le navire de rêve qui les emmènerait à New York. Ces titans du monde civilisé devaient se faire une place en concurrence avec leurs propres bagages : des milliers de caisses, de malles et de valises de cuir cousues main, de toutes les tailles et de toutes les formes imaginables. La grue soulevait des conteneurs remplis de marchandises de toutes sortes, depuis des sacs de courrier jusqu'à un exemplaire des *Rubaiyat d'Omar Khayyam*, orné de pierres précieuses et destiné à un musée américain.

Plus loin vers l'arrière, des passagers de troisième classe s'entassaient près de la passerelle d'embarquement. C'étaient pour la plupart des émigrants, qui transportaient toutes leurs maigres possessions dans des sacs de grosse toile et des colis bien ficelés. Des employés de la White Star examinaient attentivement leurs papiers d'identité et leurs billets d'embarquement.

Mais personne n'importunait les passagers de première classe avec ces futilités. Aussitôt que Juliana et ses parents furent montés à bord, les stewards affectés à leur service les guidèrent vers leur cabine où ils purent s'installer dans tout le confort dont ils avaient l'habitude, comme tous les gens de leur rang.

La cabine B-56 était aussi somptueuse que les chambres du domaine familial de Glamford Hall, dans les environs de Londres. Juliana était au comble de l'excitation. La suite comprenait deux chambres, une pour elle et une pour son père, ainsi que de l'espace pour la femme de chambre et le valet. C'était un endroit magnifique où passer les prochains jours, et la jeune fille avait aussi hâte d'entreprendre le voyage que de découvrir New York. Une seule chose l'intriguait : pourquoi sa mère pleurait-elle ainsi?

Elizabeth, comtesse de Glamford, s'agrippait à sa fille comme si elle s'attendait à ne plus jamais la revoir.

– Calmez-vous, Mère, s'il vous plaît! fit Juliana d'une voix rassurante. Je ne serai pas partie longtemps. Nous serons de retour dans deux mois!

Elle ne reçut pour réponse qu'un nouveau sanglot.

– Ma petite fille chérie! hoqueta sa mère.

Le comte s'avança vers son épouse pour l'embrasser. Elle se détourna avec une expression de profond reproche et reprit sa fille dans ses bras.

– Ta mère n'est pas une grande voyageuse, expliqua le comte, faussement jovial. Tu sais bien que je n'ai jamais réussi à la faire monter dans mon aéroplane.

– C'est parce qu'elle a un tout petit peu de plomb dans la tête, répliqua Juliana, taquine, pour essayer de détendre l'atmosphère. Si seulement j'en avais hérité.

La voix d'un steward se fit entendre dans le couloir.

– Tous les visiteurs doivent descendre à terre!

La comtesse se mit à sangloter de plus belle.

Juliana allait s'ennuyer de sa mère, mais elle fut secrètement soulagée quand la comtesse de Glamford fut escortée hors du navire, encadrée avec sollicitude par deux stewards. Debout sur le quai, encore en larmes, elle agitait la main vers sa fille accoudée au bastingage. Il était difficile de distinguer les passagers les uns des autres, à bord de l'immense navire, mais le comportement hystérique de la comtesse attirait certes l'attention de tous sur la pauvre Juliana.

Pouvait-on imaginer situation plus embarrassante?

Elle eut bientôt la réponse à sa question. Un fiacre s'immobilisa au bout de la passerelle, et deux policiers en uniforme en sortirent. Galants, ils aidèrent deux dames à descendre à leur tour : une adolescente à peu près du même âge que Juliana et une dame corpulente, étrangement vêtue de violet, de blanc et de vert, et qui avait bien des choses à dire aux policiers qui l'escortaient, mais rien de très agréable!

Les deux agents restaient dignes et polis, mais leur mission était claire : faire monter ces deux dames à bord du *Titanic* et s'assurer qu'elles y restent.

Sophie Bronson était terriblement humiliée.

– Mère, nous n'aurions pas pu attirer davantage l'attention en arrivant avec une fanfare.

Mais la célèbre Amelia Bronson n'éprouvait aucun remords.

– J'aime attirer l'attention. C'est bon pour la cause.

– J'espérais qu'on pourrait oublier la cause, pour une fois, pendant cette traversée très spéciale, répondit Sophie d'un air désolé. Mais il est déjà trop tard. Il y a peut-être un chauffeur, au fin fond du navire, qui n'a pas remarqué qu'on avait été expulsées d'Angleterre, mais autrement, tout le monde le sait.

Mme Bronson se drapait dans sa dignité, triomphante.

– Mon rôle est de mettre en lumière le genre (Elle éleva la voix de manière à se faire entendre à travers le vacarme qui régnait sur le quai.) *d'injustice imposée aux femmes par un système inique!* (Puis elle baissa la voix.) Je suis donc assez contente de tout ceci.

– Je vous demande bien pardon, madame, intervint le plus âgé des deux policiers, mais nous n'imposons d'injustice à personne. Nous avons simplement ordre de vous faire monter à bord du navire et de ne pas vous quitter jusqu'à ce qu'il parte, et qu'il vous emporte avec lui.

Pour couper court à la longue réponse bien sentie qui se préparait sûrement dans le cerveau fertile d'Amelia Bronson, Sophie s'empara d'une imposante valise de cuir et l'abattit fermement sur la botte de sa mère. En voyant un passager, pire, une passagère! de première classe transporter ses propres affaires, deux porteurs se précipitèrent pour s'occuper de leurs bagages.

Un steward se présenta bientôt pour prendre leurs billets et les escorter à leur cabine.

– Votre femme de chambre doit-elle arriver plus tard? demanda-t-il.

– Nous sommes des femmes du 20e siècle, répliqua Amelia Bronson avec hauteur. Tout à fait capables de nous occuper de nous-mêmes, tout comme de voter, d'ailleurs, et de prendre d'autres décisions importantes!

– Mère... grinça Sophie en poussant sans ménagements sa compagne de voyage.

Mais le steward avait l'habitude des gens de la bonne société et de leurs petites manies.

– Très bien, madame. Si vous voulez bien me suivre.

Après avoir donné des instructions aux porteurs, il fit traverser à Sophie et à sa mère un hall lambrissé de bois sombre, sur une moquette aussi épaisse que le gazon d'un terrain de golf bien entretenu.

Un véritable ascenseur! remarqua Sophie, très impressionnée.

Comme dans les gratte-ciel de New York et de Boston.

Dans la cabine qui montait, au milieu des miroirs et des garnitures de laiton poli qui lui renvoyaient l'image de sa mère et d'elle-même à répétition, Sophie se sentait un peu triste. Elle allait vivre une expérience exceptionnelle : la traversée inaugurale d'un chef-d'œuvre de la science et de la technologie modernes. Majestueux, luxueux, insubmersible. Le *Titanic* était tout cela et plus encore, parce qu'il représentait aussi la promesse des merveilles à venir à l'aube de ce nouveau siècle.

Mais sa mère ne voyait rien de tout cela. Elle était déterminée à se concentrer sur une seule chose : le droit de vote pour les femmes. La « cause »! Rien d'autre n'existait pour elle. Ce n'est pas qu'elle désapprouvait la splendeur de ce gigantesque navire. Elle ne la remarquait tout simplement pas. Pour Amelia Bronson, le *Titanic* n'était qu'un moyen de retourner chez elle pour organiser des rassemblements et troubler la paix dans les villes américaines, tout comme elle venait de le faire en Angleterre.

Leur cabine, la B-22, était vaste et magnifiquement aménagée. Mais Sophie était incapable de rester à l'intérieur. Elle voulait sortir sur le pont pour saluer la foule. Elle ne manquerait pour rien au monde cet événement historique. Des centaines de gens s'étaient rassemblés pour assister au départ du *Titanic*, et Sophie avait bien l'intention d'être là. C'était une scène qu'elle pourrait raconter un jour à ses petits-enfants, beaucoup plus intéressante que la nuit passée dans une prison anglaise en compagnie de leur sainte arrière-grand-mère.

Dehors, sur le pont promenade, elle était à la hauteur du clocher de la cathédrale. Southampton s'étendait à ses pieds et, au-delà, la verdoyante campagne anglaise.

La corne du navire retentit de nouveau : tous les visiteurs devaient descendre à terre. À cette hauteur, tout près de sa source, le bruit était assourdissant. Il masqua quelques instants les conversations animées de la foule rassemblée sur le quai, qui semblait deux fois plus nombreuse maintenant que le grand départ approchait.

Elle couvrait chaque centimètre du quai, à l'exception d'un petit espace directement sous les yeux de la jeune fille. Un cercle vide s'était créé autour d'une dame élégante brandissant un grand mouchoir blanc, qu'elle utilisait en alternance pour saluer, s'essuyer les yeux et se moucher. Même à cette distance, Sophie l'entendait brailler.

Est-ce que c'est moi qu'elle regarde? se demanda Sophie en suivant le regard de la dame. *Non, c'est quelqu'un d'autre sur ce pont, juste un peu plus loin...*

Le regard de Sophie s'illumina quand elle aperçut la frêle silhouette d'une jeune fille de son âge, ou en tout cas à peine plus vieille. Son cœur bondit dans sa poitrine. Une autre fille! Quelqu'un avec qui passer le temps, et vivre des moments extraordinaires au cours de ce merveilleux voyage. Quelqu'un qui n'aurait jamais entendu parler de Mère et de sa cause.

Sophie accrocha son regard et la salua timidement.

L'autre jeune fille se raidit et se contenta d'un bref hochement de tête plutôt que de lui rendre son salut. Elle tourna les talons et quitta le pont promenade.

Sophie, blessée, baissa la main en même temps que le regard. Qu'avait-elle espéré? Quand on arrive au quai d'embarquement sous escorte, expulsée du pays où l'on était en visite, il ne faut pas s'attendre à être acceptée.

Elle était donc une paria, et le *Titanic* n'était même pas encore parti.

Merci, Mère.

CHAPITRE DIX

SOUTHAMPTON
Mercredi 10 avril 1912, 12 h 15

Paddy Burns était au paradis des pickpockets.

Bien sûr, il y avait des tas de poches à vider à Belfast, mais il fallait savoir où regarder. Ici, sur le pont promenade de première classe du *Titanic*, la richesse était tellement omniprésente qu'il suffirait de tendre un seau pour qu'il se remplisse tout seul d'or et d'argent.

Paddy avait du mal à contenir son excitation en voyant les épaisses fourrures des dames élégantes accoudées au bastingage, chargées de bijoux qui auraient été parfaitement à leur place à la Tour de Londres. Leurs compagnons brillaient certes un peu moins, mais la qualité exceptionnelle et la coupe impeccable de leurs costumes et de leurs manteaux ne pouvaient échapper à personne, pas même à un pauvre petit Irlandais comme lui. Paddy ne pouvait qu'imaginer le contenu des bourses et des pinces à billets dissimulés sous ces tissus fins. Il y avait là bien plus d'argent que le misérable billet d'une livre qui avait coûté la vie à ce pauvre Daniel.

Cette pensée le remplit de mélancolie, et il se tapota la poitrine, là où il conservait le croquis que Daniel avait réalisé pour Thomas Andrews.

Il avait déjà aperçu M. Andrews plusieurs fois sur le navire. C'était étrange, mais malgré la taille et la magnificence du *Titanic*, l'architecte semblait n'y voir que des problèmes. Paddy l'avait entendu se plaindre du nombre de vis sur les patères des cabines, ou du fait que le garde-manger permettait d'entreposer seulement 40 000 œufs, plutôt que les 43 000 réclamés par le quartier-maître. Pour le moment, le grand homme était sur la passerelle avec le capitaine Smith et ses officiers, à observer les remorqueurs qui guidaient le *Titanic* vers la haute mer. Paddy ne pouvait pas le voir, mais il imaginait facilement son visage soucieux, fatigué par le travail trop intense. Comme si le monde entier ne le louangeait pas assez.

Paddy avait envisagé de montrer le dessin de Daniel à M. Andrews. Mais alors, tout le monde saurait qu'il était là. Il serait arrêté comme passager clandestin et mis aux arrêts en attendant d'être envoyé en prison en Amérique ou en Angleterre. Évidemment, en prison, on mangeait trois fois par jour, mais il s'y passait également des choses beaucoup moins agréables. Des choses terribles, en fait, bien pires qu'un estomac vide. C'était suffisant pour convaincre Paddy qu'il ne voulait pas de ce sort-là.

S'il arrivait à trouver le numéro de cabine de M. Andrews, il pourrait glisser le dessin sous sa porte.

Mais qu'est-ce que ça changerait? Paddy avait passé des heures à examiner le croquis. Il n'arrivait pas à comprendre ce qu'il représentait. Et puis, Daniel Sullivan valait bien plus qu'une feuille de papier froissée. Il était mort, et même le grand Thomas Andrews lui-même n'y pouvait rien.

– Hé, toi, là-bas! Tu n'es pas payé pour rêvasser!

Un steward en veste blanche fourra dans les mains de Paddy un plateau de coupes de cristal remplies de champagne.

– Tu ne sais pas qui sont ces gens-là? siffla-t-il. Il faut les servir avant même qu'ils pensent à ce qu'ils aimeraient avoir. Va offrir une coupe au major Butt, là-bas. C'est l'attaché militaire du président Taft. Et là, c'est le colonel Roebling. C'est sa famille qui a construit le pont de Brooklyn, tu sais?

Le steward énuméra d'autres noms célèbres, mais aucun ne disait grand-chose à Paddy, qui n'avait jamais entendu parler de Brooklyn ni de son pont. Il savait que c'étaient des gens bien, et très riches, mais il savait aussi qu'il n'était pas ici pour leur servir du champagne ni même pour se promener parmi eux. Il ferait mieux de disparaître avant de se faire remarquer. Pour le moment, son uniforme lui permettait de faire semblant. Mais plus le voyage progresserait, mieux l'équipage saurait qui était à sa place sur le navire et qui ne l'était pas. Il était à peu près certain d'avoir aperçu le jeune Alfie, le steward qui avait menti au sujet de son âge. Si Paddy reconnaissait des gens, les autres membres de l'équipage pourraient le reconnaître aussi. Peut-être même Alfie.

Paddy s'avança parmi les passagers accoudés au bastingage et leur distribua les coupes de champagne. Il ne pouvait pas s'empêcher de sourire. À se retrouver aussi proche d'autant de pigeons bien gras, prêts à se faire plumer, il avait les doigts qui le démangeaient. C'était sans doute une bonne chose que ses mains soient occupées à tenir le plateau en équilibre, sans quoi il aurait pu récolter assez d'argent pour s'acheter tout à fait légalement un billet à bord de ce palace flottant. Daniel en aurait bien ri!

Un homme élégant, un peu plus jeune que les autres passagers, posa un bras habillé de gris clair sur les épaules de Paddy.

– Tu ferais mieux de garder la dernière pour M. Straus, mon garçon, dit-il en montrant un homme âgé à côté de sa femme, qui regardait les remorqueurs à la proue du bateau. C'est le propriétaire du grand magasin Macy's de New York. On dit qu'il vaut plus de 50 millions de dollars américains.

Paddy toisa l'homme. Il ressemblait en tous points aux autres passagers de première classe, plein d'assurance et vêtu avec une élégance recherchée, comme si le monde lui appartenait. Ce qui était probablement le cas, d'ailleurs, du moins en bonne partie.

Incroyable! se dit Paddy, un peu étourdi. *Il y a une*

semaine, je me nourrissais dans les poubelles, et maintenant, je me trouve juste à côté d'un homme qui possède 50 millions de dollars.

On entendit soudain une série de craquements sonores, comme des coups de feu. Les câbles d'acier qui retenaient un navire plus petit venaient de se briser comme de vulgaires cure-dents.

Paddy ouvrit de grands yeux étonnés. C'était un navire américain, le *New York*. Et il se dirigeait tout droit vers le *Titanic*!

– Mais ils sont fous! On va les réduire en miettes!

– Ce bateau-là ne se déplace pas de lui-même, répondit le jeune dandy en fixant l'horizon.

– Comment est-ce qu'il se déplace, alors? demanda Paddy, très inquiet. Vous voulez dire qu'il avance tout seul?

– Le *Titanic* déplace 66 000 tonnes, poursuivit l'homme, de plus en plus préoccupé. Les amarres du *New York* ont dû se rompre à cause de la succion. Tu vois? Le *New York* recule!

Sur le pont promenade, les conversations animées s'interrompirent brusquement. Le *New York*, dont la poupe s'approchait dangereusement de la proue du *Titanic* à bâbord, se faisait balloter comme un canot pneumatique, aspiré dans le sillage de l'énorme navire.

– On va lui foncer dedans! gémit Paddy.

Les passagers, horrifiés, se préparèrent à l'impact. L'homme aux 50 millions de dollars et sa femme, enlacés, avaient les yeux fixés sur le drame en contrebas.

Le petit navire rebondit sur une vague et vira un peu plus vers l'énorme coque noire du *Titanic*.

Paddy ferma les yeux. Quand il les rouvrit, tout était fini. Le *New York* avait réussi à passer à côté d'eux, évitant de justesse une collision catastrophique.

Le dandy poussa un long soupir et leva son verre.

– Au capitaine E. J. Smith, le meilleur et le plus expérimenté de tous les océans!

Paddy hocha faiblement la tête, mais pour lui, une note discordante venait de s'introduire dans le grondement régulier des moteurs du navire. L'expérience acquise au fil des ans ne comptait pas à bord du *Titanic*, tellement immense qu'il pouvait rompre les amarres des autres navires simplement en passant à côté d'eux. Tout ce qui comptait, c'était l'expérience obtenue à bord du *Titanic*. Or, comme c'était sa première traversée, aucun capitaine ne pouvait en avoir.

Est-ce que quelqu'un sait vraiment gouverner ce géant? se demanda Paddy.

CHAPITRE ONZE

RMS *TITANIC*
Mercredi 10 avril 1912, 20 h 45

– Père, si nous ne descendons pas maintenant, nous allons rater le dîner.

Le comte de Glamford congédia sa fille en agitant les deux doigts qui ne tenaient pas ses cartes. Juliana blêmit en voyant son père acheter un nouveau jeton et le lancer au centre de la table. Quand Père était pris dans une partie de poker, le reste du monde n'existait plus.

Encore une main, encore de l'argent dans la cagnotte. Juliana ne connaissait pas le détail des soucis financiers de la famille Glamm, mais il aurait fallu qu'elle soit sourde et aveugle pour ne pas savoir qu'ils existaient. Pas besoin d'être comptable professionnel pour s'apercevoir que l'amour du jeu, et le peu de talent de son père pour la chose, étaient deux des principales causes du problème. Juliana parcourut du regard le somptueux salon aux murs couverts de lambris sombres, où aucun détail n'avait été laissé au hasard. Le luxe de la pièce était impressionnant, même pour une personne élevée dans une famille dont la noblesse remontait à plusieurs siècles.

Pourtant, Juliana ne voyait que les visages fermés des joueurs de bridge et de poker, et les notes écrites qui changeaient de mains à la place de billets de banque.

Comment vais-je réussir à le faire sortir d'ici?

Elle se pencha plus près de l'oreille de son père.

– S'il vous plaît... Il serait mal vu que je me rende à la salle à manger sans être accompagnée.

– Très juste.

Sans lever les yeux, le comte claqua des doigts. Un steward posté tout près se précipita.

– Oui, monsieur. Que puis-je faire pour vous?

– Veuillez accompagner Mlle Glamm à la salle à manger et l'installer à sa table. J'irai la rejoindre dans quelques minutes.

Humiliée, le visage brûlant, Juliana quitta le salon au bras d'un steward certainement pas beaucoup plus âgé qu'elle. Et le pire, c'est que le jeune homme était tout à fait conscient de son embarras.

– Ne vous en faites pas, mademoiselle. Quand ces messieurs se mettent à jouer, il est à peu près impossible de retenir leur attention. Le navire pourrait couler, qu'ils ne s'en apercevraient même pas.

Mais Juliana n'était pas d'humeur à se faire consoler.

– Ce navire est insubmersible, souligna-t-elle sèchement.

– Eh bien, dans ce cas, nous n'avons pas à nous inquiéter, n'est-ce pas? répondit doucement le jeune homme.

– Vous avez la langue bien pendue, dites donc! répliqua Juliana, étonnée, en se tournant vers lui.

Ce fut au tour du garçon de rougir d'embarras.

– Je suis terriblement désolé, mademoiselle. Je ne voulais pas me montrer impoli.

– Et vous ne l'avez pas été, le rassura-t-elle, honteuse de sa saute d'humeur. Vous avez voulu être gentil, et je l'apprécie.

Bien sûr qu'il était gentil! Il était payé pour ça. Juliana avait grandi entourée de serviteurs. Elle les respectait, pour la plupart, et il y en avait même quelques-uns qu'elle aimait beaucoup. Mais ils ne comptaient pas plus à ses yeux que n'importe quel objet utile, comme un balai ou une motocyclette.

Ils descendirent le magnifique escalier monumental brillamment éclairé. D'autres passagers en vêtements de soirée – les hommes gantés de blanc, les femmes parées de bijoux scintillants – passèrent en bavardant à côté d'eux sur les larges marches, souriants et détendus. Le navire avait pris de nouveaux passagers à Cherbourg, en France : en majorité de riches Américains retournant chez eux après la saison mondaine en Europe.

– C'est un plaisir de vous conduire à votre table, mademoiselle, dit le steward à Juliana. Si vous avez besoin de quoi que ce soit, vous n'avez qu'à demander Alfie, et quelqu'un viendra me chercher.

Le jeune homme la fit entrer dans la salle à manger éblouissante.

Juliana avait entendu dire qu'il s'agissait de la plus grande pièce jamais construite sur un navire. Elle constatait maintenant que la description qu'on en faisait était vraie. Illuminé par des milliers d'ampoules électriques et de bougies disposées au centre des tables, inondé de musique et du parfum de milliers de fleurs, le vaste espace était à couper le souffle. Il y avait tellement de tables, tellement de dîneurs élégants. Toute l'élite mondiale y était, sans aucun doute. Alors, comment Alfie pouvait-il la guider justement vers *cette* table-là? La table où était assise la jeune fille qu'elle avait vue monter à bord... La jeune fille que la police avait escortée avec sa mère jusqu'au *Titanic*.

– Vous vous trompez peut-être de table? demanda-t-elle, inquiète.

Alfie ne comprenait pas le problème. Il ne voyait que deux jeunes dames vêtues de jolies robes du soir. Le fait que l'une d'elles soit fille d'un comte et que l'autre vienne d'être expulsée du pays n'avait pour lui aucune importance.

Qu'est-ce qu'une Glamm pouvait bien avoir à dire à une fille comme celle-là?

Alfie fit asseoir Juliana et se retira. Un serveur apparut aussitôt et déploya sur les genoux de la jeune fille une serviette de toile d'un blanc immaculé.

– Tu es toute seule toi aussi, fit remarquer Sophie.

Juliana inclina la tête.

– Pour le moment. Mon père, le comte, va venir me

rejoindre bientôt.

– Ma mère aussi. Elle est dans le fumoir, en train de tirer sur un cigare géant. Enfin... elle n'a probablement pas de cigare, corrigea-t-elle, très consciente de la désapprobation indignée de sa compagne de table. Mais tu peux parier ton dernier penny qu'elle discute politique avec des hommes dont l'irritation grandit de minute en minute. Elle a cet effet-là sur les gens.

– C'est pour ça que les policiers...? lança Juliana sans réfléchir.

Elle se mordit la lèvre et se tut.

– J'espérais que personne ne le remarquerait, répondit Sophie, gênée. Vos policiers anglais ne sont pas sympathiques à la cause du vote des femmes. C'est la passion de Mère. Pour elle, c'est plus important que tout le reste. Plus que sa propre fille, en tout cas.

Malgré elle, Juliana ressentit un élan de sympathie. En ce moment, elle était elle-même plus bas qu'un paquet de cartes sur la liste de priorités de son père. Elle jeta un coup d'œil à l'horloge dorée. Où était-il? Il avait promis de la rejoindre bientôt. Elle se doutait qu'il n'avait pas l'intention de venir manger. Les parties de poker de Rodney, comte de Glamford, duraient souvent toute la nuit.

– Eh bien, au moins, maintenant, tu rentres chez toi, fit gentiment Juliana. Votre cause est sûrement plus populaire en Amérique.

– Pas vraiment, soupira Sophie. La seule différence,

c'est que si Mère se fait arrêter en Amérique, Père est là pour verser sa caution. Et toi, tu es en vacances?

– J'accompagne mon père. Il a des affaires en Amérique.

– Oh! Quelles villes allez-vous visiter? demanda Sophie.

Juliana se rendit compte soudainement qu'elle n'avait aucune idée de leur itinéraire, ni de la nature des affaires de son père. Elle savait qu'ils devaient être accueillis à New York par un M. Hardcastle, qui possédait des puits de pétrole. Mais Père n'était pas dans le pétrole, n'est-ce pas? Sûrement pas. Père n'était pas dans les affaires, un point c'est tout.

Un homme élégant, qui semblait avoir grossi de 20 kilos depuis qu'on avait pris ses mesures pour la confection de son smoking, arriva à leur table.

– Dieu soit loué! rugit-il dans ses impressionnantes rouflaquettes rousses. Quelle chance d'avoir été placé auprès d'une telle abondance de délicieuse compagnie féminine, chacune plus jolie et plus charmante que l'autre. Je vais avoir du mal à décider laquelle de vous deux sera la première à me faire l'honneur et le plaisir d'une danse!

En s'imaginant dans les bras de ce danseur encombrant, en train de se contorsionner pour s'éloigner de son ventre rebondi, Juliana faillit pouffer de rire. Elle jeta un coup d'œil à Sophie et se rendit compte que la jeune Américaine luttait contre la même envie.

La fille d'un comte et une déportée américaine pouvaient peut-être avoir certaines choses en commun, après tout.

CHAPITRE DOUZE

RMS *TITANIC*
JEUDI 11 AVRIL 1912, 8 H 25

Il faisait une chaleur inimaginable.

Comme à chaque fois qu'il descendait l'échelle menant dans les entrailles du navire, Alfie fut étonné de constater que la réalité était deux fois pire que son souvenir. Dans les 162 foyers répartis entre 29 chaudières de près de cinq mètres de haut, les flammes faisaient rage. Il n'en fallait pas moins pour propulser le *Titanic*, le plus gros objet mobile jamais construit par la main de l'homme. Et c'était sans compter le bruit assourdissant de la machinerie et des moteurs à vapeur actionnant les trois énormes hélices qui faisait avancer le navire.

De plus, l'endroit était loin d'être désert. Alfie avait toujours du mal à repérer son père dans cette ruche bourdonnante d'activité, royaume rougeoyant des « gueules noires » du *Titanic*. Plus de 150 chauffeurs travaillaient à alimenter les chaudières, et ils se ressemblaient tous : torse nu, noirs de la tête aux pieds, couverts de cendre et de poussière de charbon. P'pa trimait dans des endroits comme celui-là depuis plus de 20 ans. Pas étonnant que sa voix soit aussi rocailleuse. Il devait bien avoir un kilo de saleté dans les poumons.

Un autre chauffeur posa une main crasseuse sur l'épaule d'Alfie et lui désigna l'une des chaudières à double fond.

– Ton père est là-bas, siffla-t-il.

John Huggins se tourna vers lui en souriant. Même ici, dans l'endroit le plus proche de l'enfer qu'Alfie puisse imaginer, son père était toujours content de le voir. Quelle que soit sa malchance passée et peut-être future, il pouvait au moins se raccrocher à cela. Être aimé, c'était déjà beaucoup.

– Tu n'es pas au travail, fiston? demanda le père d'Alfie.

– Mme Willingham a laissé dans sa malle un châle qu'elle aime tout particulièrement, expliqua Alfie. Alors, on m'a envoyé le dénicher dans la soute à bagages.

John Huggins cracha dans la boîte à feu rougeoyante.

– *Qu'elle aime tout particulièrement!* répéta-t-il, dégoûté. Je suis sûr qu'elle en a 17 autres dans sa cabine. Décidément, c'est une bénédiction de faire partie de la classe ouvrière. L'argent, ça ramollit le cerveau!

– Alors, je dois avoir la tête particulièrement dure! fit remarquer Alfie en riant. Je touche un grand total de trois livres et dix shillings pour toute la traversée.

Son père fourra sa pelle dans la boîte à charbon et en ressortit une montagne de charbon fumant.

– Ton charbon est en feu! s'écria Alfie, inquiet.

– Pas de panique, mon gars, fit son père d'un ton rassurant. Ça arrive parfois. On est censé le garder bien humide, mais certains jeunes se contentent de mouiller le dessus du tas sans s'inquiéter de ce qu'il y a en-dessous.

– Mais le feu, en mer...? insista Alfie.

– C'est rien, ça, mon petit. *Ça*, c'est du feu! fit-il en montrant les flammes qui illuminaient l'intérieur de la chaudière. Et maintenant, fiche le camp. Faudrait surtout pas faire attendre une dame riche qui s'ennuie de son châle préféré!

Alfie quitta son père et poursuivit son chemin à travers la salle des chaudières numéro six. En se penchant pour sortir, il s'imagina la lourde porte étanche qui s'abattrait vers le sol à grand bruit si le capitaine Smith actionnait une manette. Ici, dans les profondeurs du navire, il était facile de visualiser les 16 compartiments scellés qui rendaient le *Titanic* insubmersible.

Une délicieuse fraîcheur l'accueillit lorsqu'il pénétra dans la coursive des chauffeurs, à l'avant de la salle numéro six. Le thermomètre posé sur une des cloisons indiquait 31 °C, mais c'était déjà une nette amélioration.

Alfie dut pousser de toutes ses forces pour ouvrir la lourde porte de fer sur sa gauche. Retenues par un solide filet à grosses mailles, des malles, des boîtes et des valises étaient empilées presque jusqu'au plafond, les possessions de plus de 600 passagers de première et de deuxième classe. Il lui faudrait sûrement la·moitié de la nuit pour déterrer les affaires de Mme Willingham! Et ensuite, il se

trouverait sûrement une autre grosse enturbannée pour
lui donner une autre mission; la recherche d'une breloque
de montre ou d'un miroir à maquillage peut-être.

Il ouvrit ensuite tout grand la porte de la cale, à sa
droite, espérant contre tout espoir que la malle de
Mme Willingham apparaîtrait comme par magie facile
d'accès, et qu'il n'aurait qu'à y mettre sa clé. Mais non. La
cale était immense, et pleine de marchandises. Des caisses
de toutes tailles contenant un peu de tout, du thé
jusqu'aux pièces de machinerie, étaient empilées les unes
sur les autres, solidement attachées.

*Comme s'il y avait des vagues assez grosses pour faire
tanguer un navire de cette taille!* se dit Alfie. Le *Titanic*
fendait l'Atlantique avec une telle stabilité qu'on pouvait y
faire tenir un crayon debout sur une table. Il avait vu ça
plusieurs fois. C'était un jeu très populaire dans le salon
de première classe.

Il parcourut la cale des yeux, notant au passage les
ballots de caoutchouc, les rouleaux de linoléum, les sacs
de pommes de terre, et les barils pleins de mercure et de
la résine écarlate qu'on appelait du « sang de dragon ».
Puis, au centre du compartiment, il aperçut une
automobile! Une grosse voiture rouge vif, presque
entièrement dissimulée par les innombrables caisses,
paquets et tonneaux.

Et soudain, il vit quelque chose bouger à l'intérieur de
la voiture!

CHAPITRE TREIZE

RMS *TITANIC*
JEUDI II AVRIL 1912, 8 H 50

Alfie se figea.

– Y a quelqu'un? demanda-t-il d'une voix mal assurée.

Pas de réponse. Et plus un seul mouvement. Alfie hésita sur la conduite à suivre. Entrait-il dans les attributions d'un aide steward, avec un salaire de moins de quatre livres, d'aller voir si quelqu'un se cachait là?

Le bon sens lui disait que non, mais la curiosité l'emporta. Il se fraya un chemin à travers les piles de marchandises et s'approcha doucement de la voiture. En jetant un coup d'œil à travers le pare-brise, il ne s'attendait pas à voir une paire d'yeux lui rendre son regard.

Deux cris de surprise résonnèrent en même temps.

Avec une rapidité surprenante, un gamin maigre comme un clou et vêtu d'un uniforme de steward tout froissé bondit hors de l'automobile, faisant dégringoler une pile de boîtes de bas et de chaussettes. Il s'immobilisa, indécis, comme s'il cherchait à déterminer s'il valait mieux s'enfuir ou se battre. Ainsi entouré de marchandises, il lui paraissait difficile de s'échapper, mais une lutte risquait d'alerter la moitié de l'équipage.

Alfie lui jeta un regard étonné.

– C'est toi que j'ai vu dans le vestiaire, l'autre jour!

– Bon, d'accord, je dormais pendant mon quart de travail, bredouilla Paddy. Et puis après?

– Tu ne travailles même pas ici! s'exclama Alfie. Tu es un passager clandestin! J'ai vu les guenilles que t'as jetées!

– Tu dois confondre avec quelqu'un d'autre, mon ami, insista Paddy, les dents serrées.

– On devrait peut-être laisser le capitaine décider. Il y a un téléphone sur le pont juste à la sortie de la coursive des chauffeurs.

– Alors, fais ce que tu penses que tu as à faire, répondit Paddy d'un ton grave. Et, pendant qu'on y sera, on pourra aussi demander au capitaine comment ça se fait qu'un gars de 15 ans fait partie de son équipage.

– Comment le sais-tu? demanda Alfie en fronçant les sourcils.

– J'ai peut-être entendu une petite conversation entre père et fils dans le même vestiaire, lui confia Paddy avec un léger sourire.

– Mais tu es un clandestin, répéta Alfie, accusateur.

– Oui, c'est vrai, reconnut Paddy. Et toi, tu n'as pas l'âge requis. Alors, on pourra se tenir compagnie quand on sera envoyés à terre à Queenstown avant que le *Titanic* parte pour l'Amérique.

– Je pense qu'embarquer clandestinement à bord d'un navire pour New York est un peu plus grave qu'une toute petite exagération devant les agents de recrutement, souligna le jeune steward avec une légère trace d'hésitation.

– On va le savoir bientôt, alors, fit Paddy, conscient de son avantage. Je suis désolé pour toi, vraiment.

– Pour *moi*? demanda Alfie.

– Eh bien, si je me fais mettre dehors, je vais me retrouver à peu près à mon point de départ. Mais toi, tu as du travail. Et ton père...

– Je ne dirai rien à personne, lança brusquement Alfie.

– Mais alors, où serait la justice? demanda Paddy en se dirigeant vers le labyrinthe des piles de marchandises. Je vais peut-être téléphoner à la passerelle moi-même...

– S'il te plaît, fais pas ça, supplia Alfie.

– Ça me pèse terriblement sur la conscience, tout ça, reprit Paddy sans se laisser démonter. Et ça ne me ferait pas de mal de trouver à me nourrir. Même en prison, y a moyen de manger à sa faim.

– Je vais t'apporter à manger!

– Un sandwich, ça serait délicieux, ajouta le jeune clandestin en souriant à Alfie. Avec un bon verre de lait bien riche.

Alfie comprit soudain le manège du gamin.

– Tu veux me faire chanter, espèce de petit criminel!

– Je veux peut-être te faire chanter, en effet, rétorqua Paddy, dont l'expression s'était instantanément assombrie.

Mais faut pas me traiter de criminel.

Alfie recula nerveusement d'un pas, même s'il avait une tête de plus que l'autre garçon.

– Je...

– Mon ami a été assassiné par des criminels, siffla Paddy, les yeux brillants. Penses-tu que je serais ici si Daniel était encore en vie?

– Je suis désolé, bredouilla le jeune steward. Je vais t'apporter à manger. Mais je dois d'abord trouver le châle préféré de Mme Willingham.

Paddy le fixa quelques secondes avant d'éclater de rire.

– Faudrait surtout pas priver une dame riche de ce petit plaisir, hein? Une requête de cette importance-là mérite bien deux paires d'yeux!

Il suivit Alfie hors de la cale, dans la coursive des chauffeurs, puis dans la soute à bagages.

– Je suis déjà venu ici, commenta-t-il d'une voix neutre. Tout est fermé à clé.

– Tu ne voles rien à personne, c'est compris? rugit Alfie en se tournant brusquement vers lui. Sinon notre entente tombe à l'eau!

– Pas de panique! ricana Paddy. Pourquoi est-ce que j'aurais besoin de voler si quelqu'un m'apporte à manger?

– Je veux que tu me donnes ta parole!

– Comme tu as donné la tienne à la White Star Line? répliqua Paddy.

Ils se mirent à lire les étiquettes des bagages, chaque malle et chaque caisse étant identifiée par le niveau du pont et le numéro de cabine de son propriétaire.

– Regarde! lança Paddy en brandissant un gros cahier relié de cuir, bourré de feuilles volantes.

– Repose ça! gronda le jeune steward.

– Je l'ai ramassé par terre, se défendit Paddy. Il a dû tomber d'une des malles. Je me demande ce que c'est.

– C'est pas tes oignons, voilà ce que c'est!

– Y a pas de nom dessus.

Paddy posa le volume poussiéreux sur une grosse boîte et l'ouvrit à la première page.

– On dirait un album de coupures de journaux.

Une page de journal avait été soigneusement collée dans le cahier. Une manchette s'y étalait en gros caractères :

EFFROYABLE MEUTRE DANS L'EAST END

Paddy buta sur le premier mot, mais il reconnut immédiatement le deuxième.

– Un meurtre!

Alfie se précipita vers lui.

– Quel meurtre?

– Tiens, lis! fit Paddy en désignant le journal. Y a une dame, à Londres, qui a été tuée avec un couteau! Y avait du sang partout! C'est affreux!

– C'est un vieux journal, souligna Alfie. Regarde comme il est jauni. Et la date : le 2 septembre 1888. Ça fait 24 ans. Mary Ann Nichols. Pourquoi est-ce que ce nom-là me dit quelque chose?

– Ça se peut pas, protesta Paddy. Elle était morte avant que tu viennes au monde.

Alfie feuilleta le cahier. Il y avait à chaque page des articles de journaux sur de terribles assassinats, avec des plans de Londres et d'horribles croquis de scènes de crime.

– C'est les meurtres de Whitechapel!

– De quoi?

– De Whitechapel. C'est un quartier de Londres, expliqua Alfie, le souffle court. Toute l'Angleterre a vécu dans la terreur pendant des mois. Les gens avaient peur de sortir de chez eux. Quand j'étais tout petit, ma mère me disait : « Alfie, je ne dormirai pas sur mes deux oreilles tant que ce monstre-là ne sera pas enfermé pour de bon. » Même aujourd'hui, 24 ans plus tard, ils ont pas trouvé le coupable! M'man est encore obsédée par cette histoire-là.

– Un des passagers aussi, fit remarquer Paddy. Qui peut bien s'amuser à consigner comme ça les faits et gestes d'un horrible criminel?

– La personne à qui appartient ce cahier n'a pas fait ça pour s'amuser, répliqua Alfie, qui pâlissait à vue d'œil en feuilletant le gros cahier. Regarde ça!

Il pointa une note gribouillée à la main dans la marge, à côté du compte rendu d'un des meurtres : « Hanbury Street – éteint les réverbères 3 et 4 ».

– Un simple amateur de faits divers n'aurait jamais pu

connaître des détails comme celui-là!

Une petite enveloppe de tissu était fixée au carton sur lequel avait été collée la page de journal. D'une main tremblante, Alfie l'ouvrit et en versa le contenu dans sa main. Il fut horrifié en découvrant une grosse boucle d'oreille en jade d'un vert criard, et deux minuscules objets difformes, de couleur ivoire.

– Des dents! siffla Paddy. Des dents humaines!

Alfie retira sa main comme s'il s'était brûlé. Les trois objets tombèrent sur le pont. La boucle d'oreille ne bougea pas, mais les dents rebondirent et s'en allèrent rouler sous les piles de bagages.

– Des trophées! souffla Alfie, pétrifié d'horreur. Des souvenirs des femmes qu'il a sauvagement assassinées!

– Tu veux dire qu'il y a un meurtrier à bord? demanda Paddy, renversé. Qui ça peut bien être?

– Le meurtrier de Whitechapel n'a jamais été identifié, expliqua Alfie d'une voix apeurée, mais son surnom est bien connu dans toute l'Angleterre : Jack l'Éventreur.

CHAPITRE QUATORZE

ESCALE À QUEENSTOWN
JEUDI 11 AVRIL 1912, 11 H 35

L'Irlande!

Maintenant qu'Alfie lui apportait à manger, Paddy avait décidé de rester dans sa cachette pendant toute la traversée. Mais il n'avait pas pu s'empêcher de monter sur le pont promenade de deuxième classe pour dire au revoir à son pays natal.

C'était un si beau pays!

En fait, le paysage n'était pas vraiment splendide. Pour le moment, une fine bruine et un ciel lourd de nuages faisaient de la verte Irlande une vaste étendue grise et humide. Et de toute manière, Queenstown était à des centaines de kilomètres du village de Paddy, dans le comté d'Antrim. Pour un garçon de l'Ulster comme lui, le comté de Cork, le plus au sud du pays, aurait tout aussi bien pu se trouver en Angleterre ou même en Amérique.

Alors, comment expliquer le sentiment de vide, là où son cœur était censé être? Pourquoi ses yeux étaient-ils remplis d'une humidité qui n'avait rien à voir avec la pluie? Pourquoi cet endroit qu'il ne connaissait pas lui rappelait-il la maison?

Comme le port de Cherbourg, celui de Queenstown était trop peu profond pour un navire de la taille du *Titanic*. Les yeux plissés, Paddy regardait les nombreux passagers entassés sur la navette qui s'approchait lentement du navire à l'ancre. Même à cette distance, il distinguait les manteaux et les casquettes de drap usé, les vieilles valises de toile beige ou brune. Alfie lui avait dit qu'aucun passager de première classe ne devait embarquer à Queenstown, et seulement une poignée de passagers de deuxième classe. Le reste du groupe, plus d'une centaine de personnes, ferait le voyage à l'entrepont.

C'était peut-être pour ça que la ville de Queenstown lui paraissait aussi familière. Elle était habitée par des gens pauvres.

Comme moi.

Il eut une envie presque irrésistible de descendre de son palace flottant. Mais ça n'avait aucun sens. L'Irlande, c'était la faim, la pauvreté, et l'obligation de voler pour survivre. Comment pouvait-il préférer cette existence à sa vie actuelle, sur un navire de rêve rempli de millionnaires et aménagé avec un luxe dont il ne soupçonnait même pas l'existence quelques jours auparavant?

C'était peut-être ça, le problème. Le *Titanic* était trop gros, trop riche, trop parfait. Quelque chose clochait, c'était trop beau pour être vrai. Paddy luttait contre cette vague inquiétude depuis Southampton, lorsque l'énorme navire avait aspiré le *New York* et failli provoquer une collision.

Et, maintenant que l'Irlande était de nouveau à sa portée, la solution lui parut soudain toute simple. S'il avait réussi à monter à bord du majestueux *Titanic*, il arriverait sûrement à se faufiler dans la petite navette qui amenait en ce moment le dernier contingent de passagers.

Il était Irlandais. Et l'Irlande, c'était chez lui. Quand le petit bateau déchargerait sa cargaison humaine et s'en retournerait à Queenstown, Paddy Burns avait bien l'intention d'y monter.

Ses pieds se mirent en route presque tout seuls. Il était porté vers le pays natal par une force irrésistible. Avant même de s'en rendre compte, il prenait l'ascenseur vers le pont E, où les nouveaux passagers devaient monter à bord.

— Je ne me souviens pas de t'avoir déjà vu, lui dit gentiment le garçon d'ascenseur.

— Et vous ne me verrez plus, répondit Paddy.

Ça n'avait plus d'importance s'il était démasqué comme imposteur. Qu'est-ce qu'on pourrait lui faire? L'obliger à descendre du navire? Il allait descendre tout seul.

— Bonne chance, alors. Mais un petit conseil : si tu nous quittes pour vrai, tu ferais mieux d'enlever ton uniforme, sans quoi ils risquent de te poursuivre jusqu'au bout du monde.

— Ils peuvent toujours essayer, répliqua Paddy en riant.

Si Alfie Huggins était représentatif des employés de la

White Star, Paddy n'avait pas à s'inquiéter. Le jeune steward était un gentil garçon, mais ça n'avait pas été très difficile de le faire chanter pour qu'il protège un passager clandestin. Quelques mois dans les bas-quartiers de Belfast, c'était plus instructif que toutes les écoles d'Angleterre.

Le pauvre Alfie n'aurait pas tenu dix secondes dans Victoria Street. Il était tellement absorbé par une série de crimes commis 24 ans plus tôt qu'il ne le remarquerait même pas si des gens débouchaient au coin de la rue pour l'assassiner, lui. Jack l'Éventreur à bord du *Titanic*! Et puis quoi encore?

Paddy enfila le couloir du pont E et atteignit la passerelle d'embarquement juste au moment où la navette arrivait. Il avait déjà tous ses biens avec lui : le costume qu'il portait et le dessin de Daniel. Dommage qu'il n'ait pas réussi à s'emparer de quelques bourses bien remplies en première classe. Il aurait pu se payer des pâtés à la viande pendant un bon bout de temps. Mais il ne pouvait pas risquer de rater la navette.

Son plan n'était pas très compliqué : il allait se faire passer pour un employé de la White Star escortant à terre les passagers qui descendaient à Queenstown, et il ne reviendrait pas.

Il se fondit parmi les membres d'équipage lorsque la passerelle fut abaissée et que les stewards commencèrent à accueillir les nouveaux venus.

Il aperçut d'abord le garde du corps : un homme très

grand, à l'air sinistre, avec des épaules incroyablement larges et un nez fracturé qui lui mangeait tout le visage. Le manteau en pied-de-poule apparut ensuite, surmonté de deux yeux froids et cruels dans un visage de pierre.

Paddy eut l'impression que son sang s'était retiré de son corps et s'était rassemblé dans ses jambes tremblantes.

Kevin Gilhooley... L'homme qui avait tué Daniel.

L'homme qui voulait sa mort à lui, Paddy.

Quelle terrible ironie! Pour échapper à ce monstre, Paddy avait navigué de Belfast à Southampton, puis à Cherbourg, avant d'aboutir ici. Et pendant ce temps, Kevin Gilhooley prenait le train pour traverser l'Irlande et monter à bord du même navire.

L'homme posa sur lui de grands yeux étonnés. Il l'avait reconnu!

Le *Titanic* avait cessé d'exister. Paddy était de retour dans les rues de Belfast, où tout ce qui comptait, c'était de rester en vie.

Il prit ses jambes à son cou. Il enfila des couloirs, traversa des antichambres et des salons, monta et descendit des escaliers, passa devant des portes de fer utilitaires et des entrées opulentes. Ses poursuivants le talonnaient, leurs semelles s'abattant lourdement sur le pont. Il les entendait aussi se lancer des instructions.

– Il est parti par là!

– Ne le laissez pas s'échapper!

Comment est-ce que le comité d'accueil du Titanic peut laisser deux bandits courir librement dans tout le navire en menaçant un membre de l'équipage, même si c'est un imposteur? se demanda Paddy tout en courant. La réponse était évidente. Les stewards étaient formés pour répondre aux caprices des millionnaires et calmer les craintes des émigrants pleins d'espoir. Ce genre de traitement ne convenait pas à un criminel comme Kevin Gilhooley. Les gens comme lui n'en faisaient qu'à leur tête. Et si quelqu'un cherchait à les en empêcher, c'était généralement quelqu'un de plus gros, de plus fort et de plus méchant.

Paddy traversa en courant la salle à manger de troisième classe, où plusieurs rangées de longues tables étaient alignées dans un décor agréable, mais sans fioritures. Le couloir se prolongeait ensuite sur une certaine distance et débouchait sur une des portes coupées qui servaient à diviser les classes de service.

Paddy s'engouffra dans l'ouverture. Dès que ses pieds touchèrent le sol, il se rendit compte qu'il se trouvait sur une moquette moelleuse. Les murs lambrissés et l'éclairage subtil complétaient le tableau : cette partie du pont était réservée aux passagers de première classe.

La piscine, se souvint Paddy. *Elle est quelque part par ici.*

Il se glissa derrière une porte ouvragée sur laquelle un écriteau annonçait les bains turcs et se retrouva, stupéfait, dans une pièce splendide qui ressemblait à un palais des mille et une nuits. Quelques hommes, enveloppés dans d'immenses serviettes épaisses, étaient étendus sur des chaises longues alignées contre des murs sombres. Deux d'entre eux avaient même des serviettes sur le visage. Tout ici respirait la détente et les petits soins, comme seuls les véritables gens riches pouvaient s'en payer.

Le préposé salua Paddy d'un bref hochement de tête et passa dans la pièce d'à côté, où se trouvaient les bains de vapeur.

Des voix bourrues s'élevèrent soudain dans le couloir. Ses poursuivants étaient tout près, et ils n'étaient pas contents!

Paddy, désespéré, n'hésita pas un instant. Il se rua sur la chaise longue la plus proche, heureusement inoccupée, et s'enveloppa des pieds à la tête dans des serviettes chaudes en priant que le préposé n'ait pas compté ses clients avant de passer dans l'autre pièce.

Un instant plus tard, la porte s'ouvrit à la volée, et Kevin Gilhooley et son homme de main firent irruption dans la salle.

— Il est pas ici! gronda le garde du corps. C'est des bains publics, et dans le genre chic à part ça!

— Je suis sûr qu'il est là! rugit Kevin Gilhooley.

Il s'approcha du client le plus proche et lui arracha sa serviette d'un coup sec.

— Comment osez-vous, monsieur? rugit une voix pleine d'autorité.

Le préposé, revenu juste à ce moment-là, examinait la scène avec mécontentement.

— Monsieur, s'il vous plaît! Vous ne savez pas qui c'est?

Le colonel Astor! Personne ne doit le déranger, pas plus que les autres clients dont je m'occupe!

– Il y a un voleur à bord! grommela le garde du corps. Nous l'avons suivi jusqu'ici.

– Vous faites erreur, j'en suis sûr, rétorqua sèchement le préposé. Cette partie du navire est réservée aux gens bien, ajouta-t-il en insistant sur ce dernier mot. De toute évidence, vous n'en faites pas partie. Si vous ne sortez pas tout ce suite, je vais devoir appeler le capitaine d'armes.

L'homme de main se redressa de toute la hauteur de ses deux mètres.

– Faites ce que vous avez à faire. Je peux rompre deux cous s'il le faut.

– Du calme, Seamus, fit Kevin Gilhooley en le retenant. Nous sommes sur un navire, après tout. Ce petit rat ne peut pas aller bien loin. Nous le trouverons bien assez tôt. Et alors, il passera par-dessus bord.

Sous ses serviettes, Paddy retenait son souffle.

Tandis que Kevin Gilhooley et son acolyte quittaient la pièce, Paddy entendit de nouveau la voix de John Jacob Astor.

– Bravo, Joseph, je vous félicite, fit le multimilliardaire au préposé. Je vais raconter au capitaine comment vous avez réglé l'affaire. Je dîne avec lui ce soir.

Amen! se dit Paddy. Mais il n'était pas au bout de ses peines. Les bains turcs, qui l'avaient sauvé, étaient maintenant sa prison. Il pouvait difficilement s'en aller sans attirer l'attention. Et pourtant, il était maintenant impératif qu'il quitte le navire, et cette escale était sa dernière chance. Une fois en pleine mer, il ne pourrait plus s'échapper. Il serait coincé avec les deux criminels. Ce qui voulait dire qu'il ne verrait sûrement jamais New York.

Mais il n'avait pas à s'inquiéter. Quelques minutes plus tard, il entendit une voix murmurer à son oreille.

– Suis-moi. Et surtout, pas un bruit!

Paddy se débarrassa de ses serviettes. Le colonel Astor et les autres clients étaient soit couverts, soit assoupis. Paddy suivit Joseph dans la salle des bains de vapeur, puis au bord de la piscine.

– Je ne te demanderai pas ce que tu as pris à ces deux brutes, lui dit le préposé à voix basse.

Douze livres, pensa Paddy, découragé. Comme il regrettait d'avoir mis la main dans la poche de ce manteau!

– C'est une longue histoire, et une triste, se contenta-t-il de dire à voix haute.

Joseph n'insista pas.

– Tiens-toi loin de ces deux-là, lui conseilla-t-il avant de retourner auprès de ses précieux clients. Ils m'ont l'air tout à fait capables de mettre leurs menaces à exécution.

Paddy ne répondit pas, absorbé par ce qu'il voyait à travers le hublot. La navette était repartie; elle était déjà à mi-chemin du port de Queenstown.

Il était trop tard.

CHAPITRE QUINZE

ESCALE DE QUEENSTOWN
JEUDI 11 AVRIL 1912, 13 H 30

Le capitaine E. J. Smith, commodore de la White Star Line, le plus grand capitaine de navires de tous les océans, et le plus expérimenté, se tenait sur le pont du *Titanic*. Droit comme un mât, il fixait non pas la ville de Queenstown, mais le grand large, l'Atlantique. Fidèle au style qui l'avait rendu légendaire, il se concentrait exclusivement sur l'avenir. Peu importait le point de départ, seule comptait la destination.

L'océan était d'un calme rassurant, comme un hommage à sa dernière traversée. Le capitaine Smith prendrait sa retraite dès qu'il aurait mené le *Titanic* à bon port après son voyage inaugural. Il était tout indiqué qu'on lui offre cette mission mémorable en cadeau de départ.

– Bien, monsieur Lightoller, dit-il à son deuxième officier. Levez l'ancre.

Soudain, un tout jeune marin se précipita sur le pont, en proie à une vive agitation.

– Désolé, monsieur! J'ai essayé de les arrêter...

Kevin Gilhooley et son homme de main, le géant Seamus, se frayèrent un chemin jusqu'au capitaine.

– Capitaine, vous avez un criminel dans votre équipage! lança Kevin Gilhooley sur un ton accusateur.

– Ce que j'ai surtout, fit le capitaine Smith d'une voix sévère, ce sont deux passagers qui n'ont pas été invités sur la passerelle.

– Je leur ai dit, monsieur! Ils n'ont pas voulu m'écouter...

– Ça va, monsieur Loomis, dit le capitaine sans perdre son calme.

Mais Kevin Gilhooley n'avait pas l'habitude de voir ses requêtes ainsi rejetées.

– Vous ne m'avez pas entendu, capitaine? Je vous ai dit qu'un des membres de votre équipage était un voleur! Je l'ai vu il y a moins d'une demi-heure! J'exige que vous rassembliez tout l'équipage et que vous me permettiez d'identifier ce garçon.

Le capitaine fronça les sourcils.

– C'est *moi* qui dicte les exigences, ici, monsieur, répliqua-t-il sèchement.

– Permettez-moi de faire les présentations, capitaine, intervint Thomas Andrews, debout derrière le deuxième officier. Comme j'habite à Belfast, je connais bien la famille de cet homme. Ce sont des gens qui s'occupent d'activités qui... Comment dire? D'activités qui ne sont pas très bien vues des autorités.

Le capitaine Smith hocha la tête pour montrer qu'il avait compris et se tourna vers Kevin Gilhooley.

– Libre à vous de vous adresser à la police quand nous serons à New York. Mais à bord de ce navire, c'est *moi* qui représente la loi et l'ordre. Si c'est inacceptable à vos yeux, mes officiers peuvent prendre les mesures nécessaires pour vous faire descendre ici même, à Queenstown. J'espère avoir été assez clair?

– Mais vous protégez un criminel! protesta Kevin Gilhooley, livide. La White Star Line en entendra parler!

Un homme plus court portant une moustache en croc s'avança vers le groupe.

– La White Star Line a déjà tout entendu. Je suis le directeur général, J. Bruce Ismay. Que puis-je faire pour vous?

– Vous, avec vos chemises empesées, lança Kevin Gilhooley, de plus en plus rouge, vous vous liguez toujours contre les gens ordinaires!

– En effet, approuva cordialement le capitaine. Et maintenant, vous voudrez bien avoir l'amabilité de quitter la passerelle. Je suis sûr que vous avez des bagages à défaire. M. Loomis va vous accompagner à vos cabines.

Après le départ de Kevin Gilhooley et de son acolyte, le deuxième officier Lightoller prit la parole.

– Prêt à lever l'ancre, monsieur?

– J'en ai déjà donné l'ordre, monsieur Lightoller.

– Capitaine, le quartier-maître m'informe que nous avons des jumelles seulement pour la passerelle de navigation. Il n'y en a pas assez pour les vigies du nid-de-pie. Dois-je envoyer quelqu'un en chercher à terre?

– Bien sûr, je ne suis qu'un passager, intervint M. Ismay avant que le capitaine puisse répondre. Mais nous sommes déjà en retard à cause de ce malheureux incident avec le *New York*. Voulons-nous vraiment en prendre encore plus?

– Très juste, décida le capitaine. Un vrai marin voit mieux à l'œil nu, de toute manière. Nous partons, monsieur Lightoller.

Quelques minutes plus tard, le grand navire prit la direction de la haute mer.

Le capitaine Smith entendit avec satisfaction les énormes moteurs alternatifs du *Titanic* gronder sous ses pieds.

Sa dernière traversée.

CHAPITRE SEIZE

RMS *TITANIC*
JEUDI 11 AVRIL 1912, 15 H 45

Le panorama était magnifique. Vue d'ici, sur le pont promenade, à huit étages au-dessus de l'Atlantique, la mer s'étendait à l'infini sous un ciel bleu sans nuages. Le temps était tellement clair que Sophie arrivait à distinguer la courbe de la Terre à l'horizon.

Elle s'étira sur sa chaise longue pendant qu'Alfie la couvrait d'une chaude couverture de laine.

– On gèle ici, mademoiselle. Je vous ai apporté une tasse de bouillon chaud. Il ne faudrait pas que vous preniez froid.

– Qu'est-ce que c'est que cette histoire de bouillon? protesta Sophie. Les gens les plus riches de la Terre n'en serviraient pas à leurs chiens s'ils étaient ailleurs. Mais ici, ils en engouffrent des quantités impressionnantes, comme s'il s'agissait du meilleur champagne!

– Je peux vous apporter du thé ou du chocolat si vous préférez, fit Alfie, interloqué.

– Ne vous occupez pas de moi, Alfie, répondit Sophie

avec un rire sans joie. Je fais un très mauvais voyage.

— Mais pourquoi, mademoiselle? demanda Alfie. Vous êtes à bord du plus beau navire du monde!

Pour toute réponse, Sophie désigna du doigt le pont A, à l'étage du dessous. Les fenêtres du salon de première classe étaient ouvertes, laissant échapper des voix stridentes en pleine discussion. On distinguait plusieurs voix d'hommes, manifestement outrés. Mais la plus forte appartenait sans conteste à une femme.

— Les femmes ne sont irrationnelles que parce que les normes de rationalité ont été établies par les hommes! claironnait Amelia Bronson. Vous êtes au pouvoir depuis la nuit des temps, et qu'est-ce que nous y avons gagné? La guerre! La faim! L'esclavage! Nous devrions *tous* pouvoir choisir nos chefs, et pas seulement la moitié d'entre nous. Alors, il y aurait une véritable révolution, sans boulets de canon ni effusions de sang!

— Madame! répliqua un protagoniste indigné. Je n'aurais jamais cru dire ça un jour à une dame, mais *vous n'êtes pas une dame!*

— Bien d'accord! rugit la mère de Sophie. Je suis un être humain, exactement comme vous!

— Je suppose que vous l'entendez aussi bien que moi, soupira Sophie. Ils l'entendent probablement jusqu'en Angleterre!

— On m'a dit qu'elle tentait aussi de rassembler les femmes à bord, répondit Alfie, compatissant. La première classe n'est peut-être pas le meilleur endroit pour ça.

– Ne le lui dites surtout pas! s'écria aussitôt Sophie. Sinon, elle va essayer de faire du recrutement en deuxième classe. Puis à l'entrepont. Et nous finirons dans un canot de sauvetage, à la dérive au beau milieu de l'Atlantique!

– Personne ne pense aux canots de sauvetage sur un navire insubmersible, mademoiselle, plaisanta Alfie. À bord du *Titanic*, vous seriez plutôt pendues à la vergue ou jetées à la mer. Allons, faites un petit sourire! Ah! Voici Mlle Glamm qui vient vous tenir compagnie.

En fait, la jeune fille courait presque, tenant sa longue jupe à deux mains tandis qu'elle montait l'escalier à la hâte. Elle se précipita vers Sophie et s'étendit de tout son long sur la chaise longue à côté d'elle.

– Une couverture, Alfie! Vite!

– Je peux aller vous chercher du bouillon si vous avez froid, offrit le jeune steward.

Elle s'enveloppa dans la couverture et la remonta sur son nez.

– Je n'ai pas froid, je me *cache!* Le major Rouflaquettes est dans les parages! Il veut terminer son histoire de chasse au tigre en Inde!

– Seigneur! gémit Sophie. C'est sûrement l'homme le plus ennuyeux que la Terre ait jamais porté! Ces pauvres tigres, ils n'ont pourtant pas mérité ça! Comment as-tu pu le mener jusqu'à moi, Julie?

– Je pense l'avoir semé dans le grand escalier, répondit Juliana en riant.

– Ah, vous voulez parler du major Mountjoy, qui partage votre table? intervint Alfie. En bas, on l'appelle le Moulin à paroles. Ses histoires n'en finissent plus!

Juliana lui jeta un regard fortement désapprobateur.

– Je suis certaine que la White Star Line vous interdit de faire des commérages au sujet de vos passagers.

– Mais vous avez dit vous-même, fit Alfie en la regardant comme si elle venait de le gifler.

Sophie tenta de lui porter secours.

– C'est le premier voyage d'Alfie en tant que steward. Il ne voulait pas mal faire.

– J'en suis sûre, rétorqua Juliana.

Elle s'était radoucie, mais elle n'était pas prête à pardonner. Elle se leva.

– Je ferais mieux de chercher mon père, annonça-t-elle.

Et elle s'éloigna en faisant virevolter sa jupe.

– Il faut la comprendre, Alfie, tenta d'expliquer Sophie. Elle n'est pas méchante, mais elle a été élevée dans une maison remplie de serviteurs qui ne représentaient rien de plus que des meubles, à ses yeux. C'est la seule vie qu'elle connaisse.

– C'est moi qui vous dois des excuses, répliqua Alfie, chagriné. J'ai fait fuir votre amie. Je suis terriblement désolé.

Sophie le fit taire d'un geste de la main.

– Je ne tiens pas à ce qu'on me fasse la conversation, de toute manière. Je n'ai pas envie de lire non plus. Je voudrais simplement qu'il se *passe* quelque chose.

– Nous sommes sur un navire, en pleine mer, mademoiselle, souligna Alfie. Qu'est-ce qui pourrait bien se passer?

– Quelque chose pour me faire oublier que ma mère n'arrête pas d'ergoter avec les gens les plus importants de l'univers, gronda-t-elle, renfrognée. Quant à savoir ce que ça pourrait être, je n'en ai pas la moindre idée.

– Et si je vous disais qu'il y a un objet, à bord de ce navire, qui vous mettrait le cerveau en ébullition si vous le voyiez? demanda Alfie en levant un sourcil.

– Qu'est-ce que c'est? demanda Sophie, curieuse.

– Je ne peux pas vous l'expliquer. Je dois vous le montrer. Ce soir.

*

Sophie passa le reste de l'après-midi à suivre la course du soleil vers l'horizon, à l'avant du navire.

Elle avait enfin quelque chose à attendre, en-dehors des démêlés de sa mère avec des millionnaires mécontents.

Elle se perdait en spéculations. De quoi Alfie parlait-il? Quel était cet objet mystérieux qui allait « lui mettre le cerveau en ébullition »? Elle espérait de tout son cœur qu'il ne s'agissait pas simplement d'un hublot offrant un point de vue légèrement différent des autres sur les flots interminables. Pour les marins, il n'y avait rien de plus fascinant que la mer. Mais les stewards n'étaient pas des marins, n'est-ce pas? Surtout que celui-ci n'en était qu'à sa première traversée.

C'était *sûrement* quelque chose d'intéressant.

En même temps, son excitation était tempérée par une légère nervosité. Avait-elle vraiment accepté de rencontrer un garçon à 23 h du soir pour se lancer dans une aventure dont elle ne savait rien? Était-ce sensé, ou même raisonnable? Parce que 20 ans plus tôt, une jeune fille se faisant prendre toute seule avec un homme était obligée de l'épouser! Mais évidemment, 20 ans plus tôt, les gens comme sa mère risquaient la pendaison pour sédition. En tout cas, si les policiers l'avaient jetée en prison à cette époque-là, ils ne l'auraient pas laissée ressortir quelques jours plus tard pour la faire monter à bord d'un navire de grand luxe.

Sophie se détendit un peu. Ça, c'était le monde de Juliana, celui du siècle passé. Mais on était en 1912. L'humanité avait tellement progressé que la lumière et la chaleur venaient de fils qui transportaient de l'électricité, et que M. Thomas Andrews avait dessiné un bâtiment insubmersible. Les choses changeaient, c'était *certain*, même si ce n'était pas assez rapide au goût de Mère.

La jeune fille demeura sur le pont des embarcations le plus longtemps possible, puis elle se dirigea vers sa cabine de bonne heure afin de s'habiller pour le souper.

En passant dans le couloir du pont B, elle entendit un bruit léger : quelqu'un ronflait à quelques pas d'elle. En tournant, elle faillit trébucher sur un homme mince et bien habillé, recroquevillé par terre contre la cloison lambrissée. Il sentait le vieux tabac et le brandy. Même ainsi endormi, le dormeur dégageait une élégance certaine, sa longue silhouette s'inscrivant parfaitement dans l'angle que formaient la rambarde de laiton et le pont couvert de moquette.

Si Mère avait été là, elle en aurait sûrement eu beaucoup à dire : *On accorde le droit de vote à ce soûlon, alors que des millions de femmes intelligentes et bien informées...*

En reconnaissant l'homme écroulé à ses pieds, Sophie fut frappée de stupeur. Ce n'était pas n'importe quel ivrogne. C'était le comte de Glamford, le père de Juliana!

Elle était sur le point d'appeler un steward, mais elle se ravisa. Elle ne pouvait pas faire ça. S'il y avait une chose que les passagers de première classe aimaient encore plus que l'argent, c'était bien les commérages. L'histoire du noble anglais ramassé sur le pont et traîné jusqu'à sa cabine risquait de traverser et retraverser l'Atlantique pendant des années. Juliana en mourrait d'humiliation.

Déterminée à se débrouiller seule, Sophie se pencha et secoua l'homme ensommeillé.

– Monsieur le comte, murmura-t-elle. C'est Sophie Bronson, l'amie de Juliana.

Sans répondre, le comte ouvrit un œil injecté de sang et la regarda d'un air confus.

– Vous êtes sur le pont B, dit-elle en réponse à la

question qu'elle lut dans ses yeux. Et pas seulement dans cette partie du navire, sur le pont lui-même. *Par terre!* S'il vous plaît, relevez-vous, et je vais vous aider à regagner votre suite.

Comme il ne semblait pas vouloir se lever seul, elle le mit sur ses pieds, le prit par la taille en posant un bras du comte sur ses épaules, et le traîna de peine et de misère dans le couloir jusqu'à la cabine B-56. Ce n'était pas facile. C'était un homme à la carrure athlétique, qui était plutôt lourd. Mère aurait été impressionnée. Une femme transportant un homme... Le sexe faible? Vraiment?

Enfin, à bout de forces, elle atteignit la cabine et gratta doucement à la porte.

Elsie, la femme de chambre, poussa un petit cri en apercevant son employeur.

Juliana apparut derrière elle.

– Sophie? fit-elle avant de découvrir à son tour le spectacle qu'offrait son père.

Les trois jeunes femmes réussirent tant bien que mal à traîner le comte jusque dans son lit. Il se laissa tomber comme une pierre et se remit à ronfler, parfaitement immobile.

– C'est à cause des cartes, expliqua tristement Juliana. Quand il joue, il boit, surtout s'il perd.

– Je ne savais pas quoi faire, avoua Sophie, encore essoufflée. J'ai pensé que tu préférerais que je n'appelle pas les stewards.

– Tu es une véritable amie, s'écria Juliana, reconnaissante. Je te dois une fière chandelle. Si jamais je peux te rendre service, tu n'as qu'à demander.

En un éclair, Sophie sut exactement ce qu'elle allait lui demander.

CHAPITRE DIX-SEPT

Il faisait noir dans l'escalier en colimaçon qui descendait vers la soute numéro deux. La lanterne au kérosène d'Alfie suffisait tout juste à éclairer leurs trois silhouettes. Juliana distinguait à peine l'ourlet de la robe qu'elle portait au souper quelques heures plus tôt. À bord du navire, tout était silencieux. La musique et la danse étaient terminées depuis quelque temps, et les passagers s'étaient retirés dans leurs cabines. Seuls quelques-uns d'entre eux s'attardaient encore à fumer un cigare ou à jouer aux cartes.

Les cartes. Pour une fois, Juliana n'avait pas à s'inquiéter que son père perde au poker. Il avait refusé de manger et était resté étendu sur son lit. Il dormait déjà quand le clairon avait annoncé le souper des passagers de première classe. Il aurait sûrement un mal de tête carabiné à son réveil, et il ne serait pas capable de faire grand-chose. Avec un peu de chance, sa fille serait rentrée depuis longtemps de sa petite escapade.

Est-ce que je suis devenue folle? se demanda-t-elle.

Que faisait-elle à rôder dans les entrailles du *Titanic*, en compagnie de cette jeune Américaine intrépide et de ce steward avec qui elle s'était inexplicablement liée d'amitié? Mais comme elle avait promis de rendre service à Sophie, elle n'avait vraiment pas pu refuser.

Voilà comment elle se retrouvait dans les profondeurs du navire, où les passagers n'étaient sûrement pas les bienvenus. Ce n'était certes pas un comportement digne d'une Glamm. Mais le chef de la famille ne s'était pas exactement distingué lui non plus dans l'après-midi. Quoi qu'elle fasse, Juliana ne pourrait donc pas compromettre leur réputation de pire façon. Au point où elle en était, autant aller jusqu'au bout.

— Alors, si jamais on rencontre quelqu'un, expliqua Alfie à voix basse, rappelez-vous ce que je vous ai dit. Je suis votre steward et je vous accompagne pour aller chercher un objet dont vous avez besoin dans vos bagages.

— Je ne vois pas pourquoi nous devons descendre dans la cale nous-mêmes, protesta Juliana. Pourquoi est-ce que vous ne pouviez pas nous apporter cet objet en haut?

— Vous allez voir, mademoiselle, promit Alfie. Ce n'est pas le genre de chose qu'on peut montrer à tout le monde.

— Est-ce que c'est une impression ou il fait de plus en plus chaud? demanda Sophie, nerveuse.

— Les salles des chaudières sont juste derrière nous, expliqua Alfie. Mais ne vous en faites pas, on ne s'en approchera pas trop. J'y vais parfois, pour rendre visite à mon père. Il travaille là comme chauffeur. On a l'impression que l'air qu'on respire est en feu dans nos poumons.

– Alfie, fit Sophie d'une voix douce. Si on se faisait prendre ici, Julie et moi, on se ferait gronder. Mais vous, que vous arriverait-il?

– Je n'en sais rien, répondit-il sans hésiter, preuve qu'il avait déjà longuement réfléchi à la question. Je suppose que ça dépendrait de la personne qui nous trouverait. Mais ce secret m'étouffe. Je vais éclater si je ne le partage pas.

Juliana savait trop bien quel sort attendait Alfie s'ils se faisaient prendre. Il serait relevé de ses fonctions et mis aux arrêts jusqu'à la fin de la traversée. Et il risquait ensuite d'être abandonné à lui-même à New York. Les employés dont le congédiement était justifié ne pouvaient pas s'attendre à mieux. Avec le salaire de son père, il réussirait peut-être à s'acheter un billet de troisième classe pour rentrer en Angleterre à bord d'un autre navire. Mais il ne pourrait plus jamais mettre les pieds sur le *Titanic*. Que pouvait-il bien avoir à leur montrer, pour prendre un tel risque?

Ils descendirent l'escalier de métal, qui les mena à plus de 20 mètres dans les profondeurs du navire, très loin sous la ligne de flottaison. Il était déconcertant, pour les deux jeunes filles, de penser que la surface de l'océan se trouvait au-dessus d'elles. Pourtant, à part la chaleur, l'air n'était pas différent d'avant.

Ils arrivèrent enfin au bas de l'escalier, et Alfie guida ses compagnes vers la soute à bagages.

En apercevant les innombrables piles de malles et de caisses, Sophie émit un petit sifflement de surprise.

— Mais qui a apporté tout ça? demanda-t-elle. Les cartons à chapeaux rempliraient à eux seuls le Grand Canyon!

— Tu ne t'attends tout de même pas à ce qu'on voyage sans les nécessités de la vie? demanda sèchement Juliana.

— Combien de chapeaux as-tu apporté? demanda Sophie en riant.

— Le temps est parfois imprévisible à New York, au printemps.

— Combien?

— Onze, répondit Juliana d'un air de défi, avant d'éclater de rire.

— Et c'est seulement pour la première et la deuxième classe, ajouta Alfie en les guidant à travers le labyrinthe de bagages.

Il s'arrêta devant une pile de caisses retenues par un filet et passa la main entre les fentes d'une caisse marquée *Galerie Gavroche, Montmartre, Paris.* Il en ressortit l'album de coupures et le posa à plat sur une malle devant les jeunes filles.

— Vous osez fouiller dans les affaires des gens? demanda Juliana, choquée.

— Non, non! Je l'ai trouvé par terre! Il a dû tomber des bagages de quelqu'un. S'il vous plaît, jetez un coup d'œil.

Les jeunes filles se mirent à feuilleter lentement les
lourdes pages de l'album, de plus en plus horrifiées à
mesure qu'elles découvraient les terribles crimes qui y
étaient décrits.

Ce fut Juliana qui comprit la première.

– C'est au sujet des meurtres de Whitechapel... et de
celui qu'on a appelé Jack l'Éventreur!

– Donc, vous avez entendu parler de lui, approuva Alfie
avec empressement.

– Bien sûr, dit Sophie. Même en Amérique. Il y a des
histoires tellement épouvantables qu'elles ne s'effacent
jamais. Surtout que cet Éventreur n'a jamais été pris.

– Exactement! s'écria Alfie. C'est à lui, cet album! Il est
à bord du *Titanic*!

– Ne soyez pas ridicule! gronda Juliana. Il est
probablement mort depuis longtemps. Les meurtres se
sont arrêtés il y a des dizaines d'années!

– Alors, comment expliquez-vous cet album? demanda
Alfie.

– Pourquoi faudrait-il l'expliquer? raisonna Sophie.
C'est un cahier compilé par une personne que les meurtres
fascinaient. Il pourrait appartenir à n'importe qui.

– Je ne pense pas, fit Alfie d'un ton grave. Les détails
notés dans la marge... Seule une personne qui se trouvait
là aurait pu les écrire. Et il y a... Il y a des « souvenirs ».

– Quel genre de souvenirs? demanda Juliana, méfiante.

– Regardez.

Alfie tourna quelques pages pour révéler un carré de

tissu, manifestement découpé avec un couteau.

– Ce bout de tissu vient de la robe d'Annie Chapman. Regardez cette tache brune. Je pense que c'est du sang séché. Mais il y a pire. J'ai trouvé, ajouta-t-il avec un frisson, des dents d'humains. Présentées comme un trophée dont on peut être fier.

– Ça ne prouve quand même pas qu'on a affaire à Jack l'Éventreur, raisonna Sophie, les yeux agrandis de stupeur. Mais j'admets qu'il doit s'agir de quelqu'un d'effroyable. D'un esprit dérangé, qui admire suffisamment ce boucher sadique pour créer un album en son honneur.

– Et cette personne serait à bord? s'inquiéta Juliana. Sûrement pas en première classe, en tout cas.

– L'argent n'a jamais empêché un homme d'être cruel, lui rappela doucement Sophie. Ou une femme. L'égalité en tous points, c'est la devise d'Amelia Bronson.

– Que ce soit le vrai Jack l'Éventreur ou pas, c'est affreux! fit Juliana, terrifiée. À qui peut bien appartenir ce cahier?

– Je passe tout mon temps libre ici, à essayer de le découvrir, avoua Alfie. Le cahier doit être tombé d'un sac déchiré ou d'une malle ouverte. Quand je l'aurai trouvé, il y aura sûrement une étiquette avec un numéro de cabine, et je saurai de qui il s'agit. Alors, je pourrai avertir le capitaine, et ce monstre sera mis au cachot.

Les deux jeunes filles le regardèrent.

– Pensez-y! poursuivit-il. Quand on arrivera à New

York avec Jack l'Éventreur derrière les barreaux, notre navire va faire la manchette de tous les journaux du monde!

Il avait les yeux luisants d'excitation.

– Et dans 100 ans, les gens parleront encore de la traversée inaugurale du *Titanic*!

Il fut interrompu par un bruit de grattement. Sur la cloison fermant la coursive des chauffeurs, la poignée ronde se mit à tourner lentement.

– Quelqu'un arrive! souffla Alfie.

CHAPITRE DIX-HUIT

RMS *TITANIC*
JEUDI 11 AVRIL 1912, 23 H 35

Alfie posa une main sur l'épaule de chacune des jeunes filles pour les inciter à se baisser dans l'ombre projetée par une pile de bagages.

Juliana et Sophie dissimulèrent leur visage. Mais Alfie resta aux aguets, le souffle court. Une petite silhouette mince s'avança dans la soute à bagages. Alfie aperçut d'abord l'uniforme de steward, avant que le nouveau venu se retourne et que son visage soit éclairé.

Paddy Burns.

Alfie fut d'abord soulagé. Il aurait tout aussi bien pu s'agir du deuxième officier M. Lightoller, en tournée d'inspection. M. Lightoller était un homme dur, et les conséquences auraient été désastreuses. Il avait de la chance qu'ils aient été découverts par la seule personne à bord qui n'oserait jamais le dénoncer.

Mais ce n'était pas si simple. Il ne fallait surtout pas que Juliana et Sophie apprennent qu'il aidait et protégeait un passager clandestin. C'était un crime grave, encore pire que d'avoir amené en cachette deux jeunes dames de première classe dans la soute à bagages.

Sophie attira son attention et articula silencieusement sa question.

– Qui est-ce?

– Un autre steward, chuchota Alfie. Restez cachées.

Sous leurs yeux, Paddy arpenta le local en inspectant les étiquettes des bagages. Alfie parcourut l'espace des yeux pour essayer d'établir un trajet de retraite entre les canyons formés par les piles de bagages. Ce serait tellement plus simple si Paddy s'en allait sans se rendre compte de leur présence.

Le jeune clandestin n'était qu'à quelques mètres d'eux. Il s'approchait lentement, sans cesser d'examiner les étiquettes.

– Est-ce qu'on devrait se sauver? murmura Juliana, effrayée.

Alfie n'osa pas répondre. Paddy était trop proche. Il était trop tard pour se sauver, ou même pour chercher une nouvelle cachette. Ils ne pouvaient que rester là, immobiles, en espérant que tout se passerait bien.

Plus que trois mètres... Deux...

Presque au même instant, deux mains froides se posèrent sur celles d'Alfie. Les deux filles lui serraient les doigts chacune de leur côté. Paddy était juste à côté d'eux!

Mais le nouveau venu s'arrêta brusquement et sortit un petit couteau. Il perça un trou dans le filet qui retenait les bagages empilés devant lui. Quelques secondes plus tard, il en retira une petite valise et se dirigea vers la sortie.

– Mais c'est du vol! siffla Juliana, en colère.

– Je suis sûr qu'il est seulement venu chercher la valise d'un de ses passagers, expliqua Alfie, lui-même peu convaincu.

Il savait que c'était impossible puisque Paddy n'était pas un vrai steward. Qu'est-ce que le gamin faisait là? Il avait promis à Alfie de ne rien voler, mais évidemment, la parole d'un passager clandestin ne valait pas grand-chose.

Paddy déposa la valise dans un des rares espaces vides, sous une lampe électrique, et entreprit de crocheter la serrure avec la pointe de son couteau.

Un instant plus tard, la serrure avait cédé. Paddy ouvrit la valise et se mit à fouiller à l'intérieur, à la recherche de... De quoi? D'argent? De bijoux? Mais, inexplicablement, il remit en place tout le contenu de la valise et referma brusquement le couvercle. Soulevant péniblement la valise sur son épaule, il se dirigea vers l'escalier en colimaçon et commença à monter d'un pas incertain.

Dès qu'il fut hors de vue, Juliana bondit sur ses pieds.

– Il faut le suivre!

– Pourquoi? demanda Alfie, en lui jetant un regard étonné.

– Parce que, répliqua-t-elle avec hauteur, tout bon citoyen a le devoir d'agir quand il est témoin d'un acte illégal.

– Tu commences à parler comme ma mère, fit remarquer Sophie en levant les yeux au ciel.

– Je vais le confronter, insista Juliana. Les prochains bagages qu'il volera pourraient être les miens. Ou les tiens.

Elle se dirigea vers l'escalier, Sophie sur les talons.

Avec un soupir, Alfie replaça l'album de coupures dans sa cachette et les suivit. C'était sa faute si les filles étaient descendues dans la soute à bagages, et il ne pouvait pas risquer qu'il leur arrive quelque chose. Ni à elles ni à Paddy, d'ailleurs. Sans le vouloir, il avait lié son sort à celui d'un groupe d'étrangers, et il était trop tard pour chercher à s'en dépêtrer.

Le plus silencieusement possible, ils écoutèrent les vibrations que faisaient les pas de Paddy sur les marches de métal au-dessus de leurs têtes. Après un petit moment, les vibrations cessèrent brusquement.

– Il s'est arrêté, murmura Sophie.

– Non, fit Alfie en secouant la tête. Il est sorti. Sur le pont E, je pense.

Ils se hâtèrent jusqu'au pont E. Alfie jeta un coup d'œil par l'ouverture, juste à temps pour voir Paddy s'éloigner dans le couloir avec son fardeau.

Alfie prit rapidement une décision.

– Par ici, dit-il en montrant la mauvaise direction.

Sa vie serait tellement plus simple s'il pouvait ramener les filles à leurs cabines! Il aurait ensuite tout le loisir de découvrir ce que Paddy manigançait.

– Non, répondit Juliana. Je l'ai vu. Il est dans ce couloir.

Résigné, Alfie conduisit les deux jeunes filles dans le long couloir nu.

– Mais *où* sommes-nous? demanda Sophie en examinant la peinture blanche recouvrant des plaques de métal assemblées par de simples rivets.

– Dans les quartiers de l'équipage, répondit Alfie à voix basse.

Par une porte ouverte, ils aperçurent une double rangée de couchettes superposées. Un bruit de conversations entre hommes leur parvint jusque dans le couloir. Mais, heureusement, personne ne les vit passer.

Devant eux, un autre couloir s'ouvrait à angle droit.

– Par où faut-il aller? demanda Sophie, inquiète.

Juliana hésita, incertaine. Elle sentit un courant d'air froid venant de bâbord. Comme si...

– Est-ce qu'il pourrait y avoir une fenêtre ouverte par là? demanda-t-elle.

Ils prirent à gauche, contournèrent une cloison en courant et s'arrêtèrent net, estomaqués. Après la cage d'escalier, le couloir s'élargissait pour former un petit atrium. C'était là qu'étaient accueillis les passagers de deuxième classe. Une lourde porte donnait accès à la passerelle d'embarquement. Elle était grande ouverte sur les vagues noires de l'Atlantique, qui défilaient à toute vitesse.

Paddy était à genoux devant la porte, à côté de la valise ouverte. Il en sortait des pantalons et des chemises, et les lançait dans le vide.

– Arrêtez tout de suite! ordonna Juliana.

Paddy leva les yeux sans cesser de jeter des objets.

– Je vous demande bien pardon, mademoiselle, mais mêlez-vous de vos affaires.

– Très bien, intervint Sophie, qui n'y comprenait vraiment rien. Donc, vous *n'êtes pas* en train de voler. Mais qu'est-ce que vous *faites,* alors? Pourquoi risquer de vous faire arrêter en prenant les affaires d'un pauvre passager si c'est pour les jeter dans l'océan?

Une ombre passa sur le visage de Paddy.

– Ce n'est pas un « pauvre passager », répondit-il. C'est un assassin sans scrupules, voilà ce que c'est. Ces affaires-là appartiennent au criminel qui a tué mon meilleur ami. Du moins, elles lui appartenaient.

Un léger sourire illumina son jeune visage tandis qu'il lançait des caleçons de toile fine dans la nuit noire.

– Maintenant, elles appartiennent aux poissons.

– Et pourquoi devrions-nous croire un voleur? demanda Juliana.

Pour toute réponse, Paddy plongea la main dans la valise et en ressortit un grand pistolet noir.

Les deux filles reculèrent derrière Alfie.

– Allons, Paddy, protesta le jeune steward. Pose cette arme.

– Je vais faire mieux que ça, tu vas voir, fit Paddy en

lançant l'arme par la porte ouverte.

– Vous l'avez appelé Paddy, souffla Juliana d'un ton accusateur. Vous le *connaissez!*

– Eh bien, heu... Oui, mais...

– Quand aviez-vous l'intention de nous mettre au courant? demanda Sophie.

– Paddy ne fait pas vraiment partie de l'équipage, marmonna Alfie.

– Qu'est-ce qu'il fait ici, alors? demanda Juliana, méprisante. Il voyage clandestinement?

L'expression honteuse d'Alfie lui donna sa réponse.

– C'est *ça*, hein? s'exclama-t-elle. Vous protégez un passager clandestin!

Paddy la regarda d'un air de défi.

– C'est facile de me montrer du doigt, avec vos beaux atours et votre ventre bien rempli. Et je parie que c'est des vrais diamants que vous avez aux oreilles!

Juliana leva les mains à ses oreilles.

– Vous avez raison, répondit Sophie, un peu radoucie. Aucun de nous n'a vécu votre vie. Vous ne voulez pas nous en parler un peu?

– Y a pas grand-chose à dire, vous savez! répliqua Paddy d'un ton grave. J'avais parfaitement le droit de me sauver d'un beau-père qui prenait mon visage pour un sac de boxe. Daniel et moi, on a peut-être eu le ventre creux à Belfast, mais on s'occupait l'un de l'autre. Est-ce qu'on volait? Bien sûr que oui, parce que c'était ça ou mourir de faim. Et puis, j'y serais encore, content de mon sort, si

Kevin Gilhooley avait pas tué Daniel, puis essayé de me tuer moi aussi.

Il eut un petit sourire désabusé.

— Et voilà qu'il avait justement un billet pour la traversée du navire sur lequel je me suis embarqué clandestinement, reprit-il. Je suppose que c'est ça qu'on appelle la chance des Irlandais.

Sophie, qui avait bon cœur, était toute retournée par l'histoire de Paddy. Mais Juliana resta de marbre.

— Et vous vous attendez à ce que nous croyions quelqu'un qui jette par-dessus bord les affaires d'un homme et le laisse sans vêtements de rechange?

— Oh, non, mademoiselle, fit Paddy avec une expression faussement sérieuse. Je ne manquerais pas de cœur à ce point-là!

Il sortit de la valise ouverte une chemise d'un blanc immaculé, le seul objet qui s'y trouvait encore, et l'étendit sur le pont devant lui. Il sortit de sa poche arrière une plume Waterman toute neuve. Pressant sur le réservoir de caoutchouc en même temps qu'il appuyait avec la pointe sur le tissu, il traça un seul mot à l'encre noire indélébile. Enfin, il leva la chemise pour montrer son œuvre aux autres :

ASSASSIN

Il secoua le vêtement pour faire sécher l'encre, le plia soigneusement et le replaça dans la valise.

Alfie se précipita pour refermer la porte.

– Paddy, tu es complètement fou!

Paddy se tourna vers Juliana.

– Eh bien, ma belle dame, je suppose que vous allez me dénoncer au capitaine, maintenant. Alfie saura où me trouver. Alors, ils vont me mettre aux arrêts, et Kevin Gilhooley pourra venir me tuer quand il voudra.

Il reprit la valise, qui ne pesait presque plus rien, et passa à côté d'eux pour s'enfoncer dans le couloir du pont E.

Sophie tourna des yeux suppliants vers son amie.

– Julie, tu ne peux pas le dénoncer! Ça pourrait lui coûter la vie!

Alfie lui jeta lui aussi un regard inquiet. Il était difficile de prévoir ce que ferait la jeune fille. Chose certaine, si elle causait du tort à Paddy, Alfie lui-même en subirait aussi les conséquences. Juliana ne semblait pas vraiment méchante. Mais elle était tellement confinée dans son monde de *lords* et de *ladies* qu'elle n'avait aucune idée des choix difficiles que devaient parfois faire les gens ordinaires.

Juliana prit enfin la parole.

– J'aimerais retourner à ma cabine, s'il vous plaît.

– Promets-nous que tu ne diras rien! insista Sophie.

– Tout de suite, ajouta la fille du 17ᵉ comte de Glamford.

CHAPITRE DIX-NEUF

RMS *TITANIC*
Vendredi 12 avril 1912, 8 h 05

Des traits noirs trottaient dans la tête de Paddy... Des traits de crayon?

Une forme allongée se précisa enfin dans son esprit : le *Titanic*! Le dessin de Daniel!

Oui, Patrick, résonna la voix de Daniel dans sa tête. *Et tu ferais mieux de le regarder comme il faut.*

Penses-tu qu'il se passe une heure sans que j'y jette un coup d'œil? répliqua intérieurement Paddy. *Mais qu'est-ce que ça veut dire? Aide-moi, Daniel! Je suis pas aussi malin que toi!*

Regarde encore! ordonna Daniel. *T'es assez malin pour te mettre les doigts dans la bourse de n'importe quel monsieur de Belfast! Il faut que tu ouvres ton esprit.*

Je suis pas capable!

– Allez, ouvre!

L'exclamation s'immisça brusquement dans le rêve de Paddy, ponctuée de coups sonores. Paddy changea de position sur la banquette avant de l'automobile. Ce n'était peut-être pas une des luxueuses cabines réservées aux riches de première classe, mais il avait déjà dormi dans de pires endroits.

– Tais-toi, Daniel, murmura-t-il.

– *Ouvre!* rugit de nouveau la voix.

La portière de l'automobile s'ouvrit soudain toute grande, et Paddy débloula par terre. Il resta là quelques instants, sonné et les yeux bouffis de sommeil, essayant de faire la mise au point sur le marin qui le regardait d'un œil mauvais.

C'était un homme d'un certain âge, à l'air autoritaire. Et qui, à voir son visage rouge, n'était vraiment pas de bonne humeur.

– Qu'est-ce que tu fais là, jeune homme? Tu roupilles pendant que les autres travaillent?

– N-n-non, monsieur! bégaya Paddy.

Son cerveau fonctionnait maintenant à plein régime, à la recherche d'une explication pouvant justifier sa présence sur la banquette avant de cette Renault, au fond de la cale. Il ne dormait évidemment pas au travail, il n'avait pas de travail. Mais la vérité était bien pire encore!

Tu es un imbécile, Paddy Burns! Tu aurais dû prévoir que tu dormirais tard après ton aventure de la nuit dernière!

– Je vais faire un rapport sur toi! aboya le marin, furieux. Tu n'es pas digne de porter cet uniforme!

Si vous saviez! se dit Paddy en tremblant intérieurement.

Le marin poursuivit sa tirade.

– La compagnie va retenir ton salaire, tu vas voir. Comment t'appelles-tu, jeune homme?

Paddy hésita. Devait-il tenter de s'enfuir? Un rapide survol de la cale lui révéla deux autres marins. Pourrait-il leur échapper à tous les trois?

Soudain, un des marins plus jeunes se mit à jurer.

– Vous feriez mieux de soigner votre langage, le rabroua le plus âgé.

– Désolé, chef. Mais on a oublié d'apporter le manifeste des marchandises.

Le chef, furieux, lança un chapelet de jurons encore plus colorés que ceux de son subalterne. Ses éclats de voix se répercutèrent dans toute la cale et jusque sur les ponts inférieurs.

– Qu'est-ce que vous attendez? aboya-t-il enfin. Montez le chercher au bureau du quartier-maître! Et que ça saute! On est déjà en retard, et la matinée est à peine commencée!

– Je vais vous le chercher, monsieur! offrit aussitôt Paddy, sentant qu'il avait peut-être une chance de s'en sortir.

L'homme au visage rouge se tourna vers Paddy.

– Toi?

– Pour me faire pardonner « ça », dit Paddy en désignant la voiture.

Le chef sortit une montre de sa poche et y jeta un coup d'œil.

– Allez, vas-y. *Et vite!*

– Les petits morveux qu'on embauche, de nos jours! marmonna-t-il en se tournant vers ses compagnons. Celui-là est à peine sorti des jupes de sa mère!

Paddy se précipita dans l'escalier en colimaçon et gravit les marches de métal à toute vitesse, trop content de laisser derrière lui le chef et son équipe. Il commençait à se rendre compte que, plus le temps passait, plus sa vie de passager clandestin devenait difficile. Il en avait encore pour cinq jours avant que le *Titanic* arrive à New York. Comment pourrait-il rester caché aussi longtemps? Surtout maintenant que Kevin Gilhooley et Seamus étaient à bord.

Il ne cessait de réfléchir tout en courant. Mais pourquoi est-ce que je me dépêche comme ça? J'ai pas besoin de lui rapporter son manifeste, ni n'importe quoi d'autre d'ailleurs! Qu'il aille au diable! Qu'ils aillent tous au diable!

Pourtant, plus il y pensait, plus il lui semblait raisonnable de faire la commission dont il s'était chargé. Il ne voulait surtout pas que ce chef d'équipe aille se plaindre d'un mystérieux jeune steward endormi dans la cale. Cela déclencherait une alerte générale. La vie de Paddy était déjà assez compliquée sans qu'on se mette à fouiller le navire de fond en comble à la recherche d'un garçon se faisant passer pour un membre d'équipage.

D'une manière ou d'une autre, il devait trouver le

bureau du quartier-maître et rapporter au chef d'équipe le livre demandé. Mais comment faire? Le *Titanic* était une ville flottante, avec neuf ponts et des centaines de couloirs, de pièces et de compartiments. Il ne pouvait quand même pas se promener en demandant son chemin. Ce serait aussi suspect que de dormir dans une automobile.

Alfie! S'il trouvait son protecteur, il lui dirait quoi faire. Même si le jeune steward ne savait pas où se trouvait le bureau du quartier-maître, il pourrait au moins poser la question sans attirer l'attention sur lui.

En arrivant sur le gaillard d'avant, il cligna des yeux, ébloui par le soleil. Un soleil magnifique. Quelle différence avec les nuages et la bruine de l'Irlande et de l'Angleterre! Surtout sur les ponts supérieurs, réservés à la première classe. À cette heure-ci, Alfie devait être en train d'apporter du café et du chocolat aux passagers restés dans leurs cabines, ou alors d'aider à la salle à manger. Paddy espérait bien le trouver sans trop tarder.

Comme il s'y attendait, il aperçut Alfie en haut, sur le pont des embarcations. Alfie le vit aussi et, même à cette distance, Paddy distingua clairement le désarroi s'afficher sur son visage. Alfie descendit l'escalier en courant, et Paddy s'avança pour le rejoindre sur le pont du coffre.

– Paddy, as-tu perdu la boule? siffla-t-il. Qu'est-ce que tu fais ici?

– Il faut que je trouve le bureau du quartier-maître.

– Certainement pas! gronda Alfie. Il faut que tu

disparaisses jusqu'à ce qu'on arrive à New York!

– On a un problème plus grave.

À voix basse, Paddy raconta comment il avait été découvert, endormi dans la Renault.

Alfie était horrifié.

– Ils t'ont *trouvé*? Maintenant, ils savent qu'il y a un passager clandestin à bord!

– Ils pensent simplement que je suis un steward qui s'est endormi au boulot, indiqua Paddy en secouant la tête. Et ils continueront à le penser à condition que je leur apporte ce qu'ils veulent, c'est-à-dire le manifeste des marchandises. Alors, il est où, le bureau du quartier-maître?

– On ne peut pas s'en aller avec le manifeste des marchandises comme si c'était une salière qu'on emprunte à la salle à manger, protesta Alfie. C'est un registre de tout ce qui se trouve à bord du navire. Les Américains doivent l'approuver avant de nous autoriser à décharger. Penses-tu que le quartier-maître le remettra à quelqu'un comme toi?

– Ben, j'ai pas le choix, tiqua Paddy. Faut que j'essaie, non?

– Je vais te l'apporter, fit Alfie après un instant de réflexion.

– Est-ce que j'ai raté la cérémonie pendant laquelle tu as été promu capitaine? demanda Paddy. On dirait bien que c'est bien un uniforme de steward que tu as sur le dos, exactement comme le mien. Pourquoi est-ce qu'il te le remettrait à toi, et pas à moi?

– Parce que moi, je peux prouver que je travaille pour la White Star Line, expliqua Alfie. Qui sait? J'aurai peut-être à signer pour qu'on me remette un document aussi important.

– Je suis pas ignorant, répliqua Paddy, offusqué. Daniel m'a bien montré. Je suis capable d'écrire mon nom, ou celui de n'importe qui d'autre!

– Mais c'est *mon* nom qui est inscrit sur le registre de l'équipage, répliqua Alfie, en colère à son tour. Écoute, Paddy, penses-tu que je fais ça pour m'amuser? Que j'abandonne mes passagers, que je mens au quartier-maître et que je risque de perdre mon emploi pour sauver ta peau? Je fais ça pour t'*aider*, figure-toi! Tu pourrais au moins me dire merci!

– Tu as raison, reconnut Paddy, un peu honteux. Merci, Alfie.

– On partagera une cellule en prison si ça ne fonctionne pas, fit Alfie, nerveux. Attends-moi ici, et tâche d'avoir l'air à ta place. Si quelqu'un te pose une question, tu t'en vas chercher du bouillon pour tes passagers.

– Du bouillon? répéta Paddy.

Mais Alfie était déjà parti.

Paddy recula d'un pas et s'efforça de se fondre dans le paysage. Qu'est-ce que c'était que ça, du bouillon? Une fantaisie de riches, manifestement. *Ce qu'il y a de bien, quand on est pauvre,* se dit-il, *c'est qu'on ne sait même pas ce qu'on rate.*

Il repensa aux deux jeunes passagères de première classe qu'Alfie avait amenées dans la cale la veille au soir. Habillées comme des anges, dans leurs robes soyeuses de couleurs vives, chargées de bijoux et délicieusement parfumées. On aurait dit des décorations d'arbre de Noël.

Paddy n'avait jamais cru qu'il côtoierait un jour des gens aussi riches. Mais il n'était toujours pas leur égal. La jeune fille aux cheveux noirs l'avait regardé avec un air de pitié, fascinée, comme on observe un oiseau rare à l'aile cassée. Et la blonde, celle qui avait les boucles d'oreilles en diamant? Eh bien, elle le regardait de tellement haut qu'elle n'avait probablement vu en lui qu'un vulgaire passager clandestin. Pour elle, Paddy n'était pas une personne : il n'était que la somme de ses crimes. Un objet d'intérêt morbide, comme l'horrible album de coupures qui captivait tellement Alfie.

En fait, Paddy avait bien cru que Juliana le dénoncerait au capitaine. C'est la première pensée qui lui était venue lorsque le chef d'équipe l'avait réveillé, ce matin. Mais Alfie avait dû réussir à la convaincre de garder le silence. Heureusement qu'Alfie était là. Ce n'était pas simplement le fils d'un chauffeur du navire, un garçon au grand cœur et à l'imagination délirante, facile à manipuler ou à faire chanter. C'était un ami.

Paddy fut soudain ébranlé par cette pensée. Depuis plus d'un an, il n'avait jamais fait confiance à personne, sauf à Daniel. Mais Daniel n'était plus là, et Paddy n'était plus à Belfast non plus. Advienne que pourra, il n'avait pas le choix : il devait faire confiance à Alfie.

– Je veux que les réservoirs d'eau douce soient vérifiés toutes les heures... retentit une voix sévère et autoritaire.

Avant que Paddy ait le temps de disparaître dans un escalier, deux hommes débouchèrent dans le couloir, tout près de lui. L'un d'eux portait une combinaison de travail, noire de suie provenant de la salle des machines. L'autre était en uniforme d'officier, d'officier de haut rang, en plus. Un dénommé Lightoller. Paddy l'avait déjà vu sur le pont en compagnie du capitaine Smith en personne.

– Maintenant que la température baisse, il ne faudrait pas que les tuyaux gèlent, disait le deuxième officier Lightoller en relevant le col de sa veste d'uniforme pour protéger son visage rougeaud contre le vent du large.

Il s'arrêta soudain et fixa Paddy d'un regard interrogateur.

– Je peux te demander qui tu es?

D'autres auraient paniqué, mais pas Paddy Burns. Il avait l'habitude de réagir vite...

– Je dois accompagner une jeune dame au déjeuner, monsieur.

– Je ne t'ai pas demandé ce que tu faisais, répliqua Lightoller en fronçant les sourcils. Je t'ai demandé ton nom.

– Alfie Huggins, aide steward, répondit Paddy du tac au tac.

– John Huggins est un de nos « gueules noires »,

expliqua l'homme à la combinaison. Son fils est steward à bord. Mais je peux vous dire, monsieur Lightoller, qu'il n'est pas irlandais comme ce garçon-là.

Paddy avait pris ses jambes à son cou avant même que le deuxième officier ait le temps de réagir. Il s'engouffra dans la superstructure du navire et descendit à toute allure l'escalier de première classe, à l'avant. Il entendit des gens courir en haut des marches, et la voix de Lightoller qui criait :

– Alertez la passerelle!

Paddy sortit sur le pont C et s'engagea dans un couloir de la première classe. Il fonça jusqu'au pont promenade, contourna un enfant qui s'amusait sur un cheval à bascule et poursuivit sa course vers l'arrière, sous les regards étonnés d'une poignée de passagers pour aller prendre le déjeuner. Un escalier l'amena au pont D, mais il ne descendait pas plus bas. Le *Titanic* était conçu comme un labyrinthe, où les trois classes de service étaient bien séparées. Il était plus facile de passer d'un pont à l'autre que de l'avant à l'arrière. Heureusement, Paddy était monté à bord avant que l'équipage prenne possession du navire. Et il avait bien employé son temps, convaincu qu'un passager clandestin devait savoir par où se sauver.

Il s'immobilisa, à l'affût de bruits de poursuite, puis trouva un autre escalier qui descendait jusqu'au pont E. De là, il se dirigea vers Scotland Road, le plus long couloir du navire. L'endroit grouillait de membres d'équipage, qui se hâtaient dans toutes les directions en ce début de journée. Grâce à son uniforme, il passa parfaitement inaperçu.

Il cessa de courir, mais poursuivit son chemin d'un bon pas, impressionné par la longueur exceptionnelle du *Titanic*. Il lui aurait fallu faire un bon quart de kilomètre pour le parcourir d'un bout à l'autre, s'il n'était pas retourné sur le pont D par une échelle de service. Il était à peu près certain de ne plus être poursuivi. Mais si le deuxième officier Lightoller avait averti la passerelle de la présence d'un jeune imposteur en uniforme de steward, il était préférable d'éviter les membres de l'équipage, puisqu'ils seraient sans doute au courant très bientôt. Les communications internes étaient parmi les plus modernes au monde, avec des téléphones dans toutes les parties principales du navire. Les nouvelles voyageaient vite.

Il se remit à courir, passa à toute vitesse devant la cuisine et l'hôpital de bord, et atteignit, toujours au pas de course, l'antichambre de la salle à manger de deuxième classe. Concentré sur l'entrée principale, il ne remarqua pas la porte qui s'ouvrait devant lui.

La collision fut si soudaine, si brusque, qu'il en eut le souffle coupé. Des muffins et du thé chaud s'envolèrent dans toutes les directions. Un plateau d'argent dégringola sur le sol avec un bruit sonore, accompagné d'un craquement de vaisselle brisée.

– Regarde où tu vas, espèce de petit...

Paddy leva les yeux vers un visage courroucé et aperçut

un nez tordu, déformé par plusieurs fractures.

Le nez de Seamus, le garde du corps de Kevin Gilhooley.

CHAPITRE VINGT

RMS *TITANIC*
Vendredi 12 avril 1912, 8 h 30

Le géant saisit Paddy par les épaules. Le garçon eut beau se démener, il était trop frêle pour se dégager. Il n'avait toutefois pas perdu son instinct de gamin des rues : il mordit de toutes ses forces le poignet de son assaillant.

Seamus poussa un cri et le lâcha. Paddy s'empara de la théière et la brisa contre les genoux de l'homme, ce qui suscita de nouveaux cris et quelques jurons bien sentis.

Un serveur apparut à l'entrée de la salle à manger.

– Monsieur, s'il vous plaît! Il y a des dames dans la salle à...

Un autre homme apparut. Kevin Gilhooley.

Paddy détala comme s'il venait d'être propulsé par un canon. Le criminel repoussa le serveur qui tomba à la renverse, et se lança à la poursuite du faux steward, Seamus sur les talons.

Les idées se bousculaient dans la tête de Paddy. Y avait-il quelqu'un dans ce navire qui n'était pas à sa poursuite?

Tout à l'heure, devant M. Lightoller, il avait pris la fuite sans réfléchir. Mais maintenant, il était vraiment paniqué. Les réprimandes du deuxième officier lui paraissaient soudain tout à fait négligeables en comparaison du sort que ces deux crapules lui réservaient. Ils avaient assassiné Daniel de sang-froid, et maintenant, c'était son tour.

Il traversa le couloir et dépassa les cabines de deuxième classe en zigzaguant autour d'un steward qui poussait un chariot de café. Puis il se retourna et poussa le chariot, qui s'en alla rouler vers ses poursuivants.

Les deux criminels le percutèrent, et il se renversa à grand bruit en envoyant tasses et soucoupes voler dans tous les sens.

– Hé! s'écria le steward, outré.

Les deux bandits repoussèrent le steward sans ménagements et l'envoyèrent valser sur la moquette.

Sans ralentir, Paddy risqua un coup d'œil par-dessus son épaule. Il fut stupéfait de trouver Kevin Gilhooley et Seamus à quelques pas derrière lui. Comment pourrait-il échapper à deux hommes qui aplatissaient tous les obstacles, humains ou autres, comme des rouleaux compresseurs à vapeur?

Le pont E! S'il arrivait à retourner dans Scotland Road, il serait en sécurité. Kevin Gilhooley et son acolyte n'hésitaient pas à s'en prendre à un steward isolé, mais ils n'oseraient jamais l'attaquer dans un couloir rempli de marins.

Je risque de me faire arrêter par la White Star Line, mais au moins, j'aurai la vie sauve!

Il dégringola l'escalier, certain de se retrouver dans le large couloir fréquenté par de nombreux membres d'équipage. Il aboutit plutôt dans un étroit couloir, sur lequel s'ouvraient d'autres cabines de deuxième classe. Où était-il? S'était-il trompé de pont?

Il jeta un rapide coup d'œil sur la porte d'une cabine. E-87. Il était donc bel et bien sur le pont E. Mais où était Scotland Road?

L'escalier fut ébranlé par des pas lourds. Ses poursuivants l'avaient presque rejoint!

Paddy jeta un regard désespéré autour de lui. Il n'y avait qu'une seule porte ouverte : celle du salon de barbier de deuxième classe.

Il passa sous le nez du barbier ébahi et bondit dans un fauteuil en le faisant tournoyer à toute vitesse. En passant devant le comptoir, il plongea la main dans un bol et prit une bonne poignée de mousse à raser. Il se tartina le visage de mousse tout en couvrant son uniforme d'une serviette.

– Mon garçon, fit le barbier en lui jetant un regard stupéfait, je ne sais pas ce que tu essaies de...

Paddy leva vers lui des yeux terrifiés et murmura d'une voix à peine audible :

– *S'il vous plaît!*

Un instant plus tard, Kevin Gilhooley et Seamus débouchèrent à leur tour dans le couloir.

Le barbier avait compris. Il se planta devant le fauteuil de manière à ce que Paddy ne soit pas visible de l'entrée. Il saisit ensuite un rasoir droit et fit mine de raser son « client ».

Des voix furieuses se firent entendre dans le couloir.

– Cette petite vermine n'a pas pu aller bien loin!

Paddy ferma les yeux et fit une chose qu'il n'avait pas faite depuis longtemps : il se mit à prier.

Les deux hommes furent bientôt dans la boutique, l'emplissant de leur présence.

– Un méchant petit gnome en uniforme, demanda Kevin Gilhooley au barbier. Par où est-il passé?

– Je n'ai vu personne de ce genre, répliqua sèchement le barbier.

Le criminel sortit de la boutique en grommelant. Au même moment, Seamus attrapa son patron par l'épaule pour le ramener à l'intérieur en lui montrant le miroir, en face du fauteuil de barbier. Et le visage familier d'un jeune garçon dissimulé sous un nuage de mousse à raser.

Paddy bondit de son siège. Son seul espoir était de plonger dans l'étroit espace séparant les deux criminels. Il faillit réussir.

Seamus entoura Paddy de ses bras solides pour l'empêcher de bouger et lui enlever toute velléité de résistance. Il jeta un regard menaçant au barbier terrifié.

– Je me souviendrai de votre aide, monsieur.

– Belle journée pour des funérailles, hein, jeune homme? fit Kevin Gilhooley à l'intention de sa victime.

CHAPITRE VINGT ET UN

RMS *TITANIC*
VENDREDI 12 AVRIL 1912, 8 H 45

Le manifeste des marchandises était bien plus gros, épais, lourd et encombrant qu'Alfie l'avait imaginé. En montant l'escalier en colimaçon pour aller retrouver Paddy là où il l'avait laissé, les bras endoloris par le poids du registre, il se demandait bien comment l'autre garçon, beaucoup moins fort que lui, pourrait le transporter jusque dans la cale.

Une fois sur la plage avant, il se dirigea vers l'arrière, où Paddy devait l'attendre sur le pont du coffre.

Mais Paddy ne l'avait pas attendu. Il était parti.

Du calme! se dit Alfie, en tâchant de reprendre son souffle. *Il s'est probablement caché d'un des officiers. C'est une bonne chose. Ça veut dire qu'il a un peu de plomb dans la tête.*

— Paddy, appela-t-il doucement. Tu peux sortir, maintenant. C'est moi.

Pas de réponse.

— Tu peux sortir de ta cachette. J'ai le livre.

Il attendit. *Allez, Paddy! T'as dit que ça pressait!*

Ce n'était pas normal. Alfie évalua ses options. Il pouvait apporter lui-même le manifeste dans la cale et le remettre au chef d'équipe. Mais si celui-ci se rendait compte que ce jeune steward n'était pas celui qu'il avait trouvé dans la voiture? Est-ce que cela déclencherait une enquête?

De toute manière, le plus pressant était de savoir où *était* Paddy, et dans quel pétrin il avait pu se mettre. Si Paddy était en difficulté, Alfie l'était aussi. Il devait trouver le garçon. Mais par où commencer ses recherches dans cet immense navire, le plus gros objet mobile jamais conçu sur Terre?

Il opta pour le pont des embarcations. De là-haut, au moins, il aurait une vue d'ensemble du navire. Si Paddy était sur le pont supérieur, il le verrait. C'était peu probable, mais il n'y avait pas d'autre solution.

En s'engageant dans l'escalier, il aperçut Sophie accoudée au bastingage, au bras du major Mountjoy. La jeune fille regarda Alfie d'un air totalement désespéré.

– Alfie! appela-t-elle d'une voix haut perchée, avec un enthousiasme exagéré.

Puis, remarquant le manifeste des marchandises dans les bras du jeune steward, elle s'écria :

– Ah! Vous m'apportez le livre que je vous avais demandé de prendre à la bibliothèque! J'ai hâte de le lire. Je vais m'y mettre tout de suite!

– Eh bien! fit le major, jovial, en tendant le bras vers le

volume relié de cuir. J'aimerais bien voir quelle est la lecture qui passionne tellement cette exquise jeune femme!

Alfie recula d'un pas, mais l'imposant major lui enleva le livre des mains et se mit à le feuilleter.

— Dieu du ciel! s'exclama le major, les yeux fixés sur un reçu pour 3000 boîtes de sardines norvégiennes. J'avoue que je ne comprends pas les intérêts des jeunes gens.

— Les sardines sont... c'est la grande mode à New York, cette année, hasarda Sophie.

— Ah, oui? Vous et vos goûts américains! répliqua le major, amusé. C'est comme cette danse, le *Turkey Trot*, dont tout le monde parle. Eh bien, je vous laisse à votre lecture, ma chère.

Il esquissa une révérence, remarquablement élégante compte tenu de son tour de taille, et s'éloigna.

— Oh, merci, Alfie! fit Sophie, écroulée de rire. Qu'est-ce que c'est que ce livre?

— C'est le manifeste des marchandises. Paddy en a besoin. L'avez-vous vu?

— Paddy? répéta-t-elle en fronçant les sourcils. Qu'est-ce qu'il fait ici, en haut?

— Je l'ai quitté sur le pont du coffre, expliqua Alfie, le souffle court, mais il n'est plus là. J'ai bien peur qu'il se soit fait prendre.

— Je vais vous aider à le chercher, décida-t-elle. Séparons-nous et retrouvons-nous ici tout à l'heure. Ne vous inquiétez pas, nous allons le trouver.

– Merci.

Alfie poursuivit ses recherches à tribord tandis que Sophie se dirigeait vers l'avant à bâbord, tâtant discrètement les poignées de porte et jetant un coup d'œil dans tous les coins. En passant dans le cône d'ombre que projetait la première des immenses cheminées, elle se croisa les bras sur la poitrine. L'air, déjà frais ailleurs, était encore plus froid ici.

– Sophie!

Juliana, qui s'était redressée sur sa chaise longue, lui faisait signe de la main.

– Qu'est-ce qui se passe? demanda-t-elle. C'est le major Rouflaquettes, n'est-ce pas?

– As-tu vu Paddy quelque part? lança Sophie.

Le sourire de Juliana disparut instantanément. Elle détourna le regard pour fixer l'Atlantique.

– Je ne sais absolument pas de qui tu veux parler.

– Il n'a peut-être pas eu les mêmes avantages que toi, mais c'est un *être humain* lui aussi, Juliana! fit Sophie d'un ton sévère. Et il pourrait être en difficulté.

– S'il est en difficulté, rétorqua Juliana d'un ton où ne perçait aucune sympathie, c'est à cause du comportement criminel qu'il a lui-même adopté en s'embarquant clandestinement à bord de ce navire! Franchement, je ne comprends pas que tu tiennes à aider ce petit criminel. Ça ne te concerne pas. Te mêler de cette histoire sordide, c'est indigne de toi. Tout ça, pour essayer de protéger quelqu'un qui ne mérite même pas une seconde de ton attention, et encore moins ta protection!

Sophie lui jeta un regard intense.

– Juliana, je t'aime beaucoup. Mais je ne peux pas être amie avec une fille au cœur aussi dur.

Elle tourna les talons pour continuer à chercher le pauvre Paddy.

*

Kevin Gilhooley avait bien choisi son garde du corps. La force brute du dénommé Seamus était quasi surhumaine. Son bras posé sur les épaules de Paddy, dans une attitude qui pouvait paraître amicale, pesait aussi lourd qu'un joug de fer. Et sa grande main couvrait la bouche du garçon avec assez de force pour étouffer tous les sons. Paddy ne s'était jamais senti à ce point dominé par la force physique de quelqu'un d'autre. Il ne songeait même pas à s'échapper. C'est à peine s'il arrivait à respirer.

C'est ainsi que Seamus lui fit parcourir les escaliers et les couloirs de deuxième classe. Kevin Gilhooley ouvrit la lourde porte du pont des embarcations et les précéda dans le vent glacial, sous le soleil éblouissant.

– Regarde autour de toi, mon garçon, dit le criminel. Le monde est tellement beau! C'est vraiment dommage que tu ne puisses plus en profiter très longtemps.

Paddy regarda autour de lui avec un désespoir croissant. Ils étaient tout à l'arrière du pont des embarcations, derrière la quatrième cheminée, au-dessus de la poupe. Le secteur était désert. Paddy distingua quelques passagers courageux qui bravaient le vent dans la section de première classe, loin à l'avant, et des passagers d'entrepont sur le pont du coffre arrière plus bas. Mais les gens de deuxième classe semblaient paresseux aujourd'hui : ils devaient être en train de se reposer dans leurs cabines ou de terminer leur petit déjeuner à la salle à manger.

La voix de Kevin Gilhooley était aussi froide et cruelle que la morsure du vent.

– Allez-y, Seamus.

Paddy commença enfin à se débattre, même s'il savait que cela ne servirait à rien. Seamus le traîna jusqu'au garde-fou, le prit sous les bras et le souleva pour l'envoyer par-dessus bord.

Aussitôt sa bouche dégagée, Paddy se mit à appeler au secours. Kevin Gilhooley tenta de le museler, mais Paddy lui mordit les doigts de toutes ses forces. L'homme poussa un hurlement de fureur presque aussi retentissant que les cris de panique de Paddy, et lui asséna plusieurs claques bien senties. Paddy se calma, un goût de sang dans la bouche, sans cesser de crier pour autant.

Il sentit ses pieds quitter le sol : c'était Seamus qui le soulevait. Il vit le garde-fou au-dessous de lui et sut aussitôt ce qui allait suivre : une longue chute, suivie d'un plongeon dans l'eau noire et glaciale. Il étira les bras et s'agrippa au garde-fou de toutes ses forces avec les deux mains.

S'ils veulent m'envoyer à la mer, ils vont devoir me casser tous les doigts!

Malgré les coups de poing de Kevin Gilhooley sur ses poignets fins, Paddy se raidit et resserra encore sa prise sur le rail de métal. La douleur était inimaginable, mais l'autre option, c'était la mort. Il envoya une solide ruade dans le ventre de Seamus. L'homme de main poussa un cri de rage. Il souleva Paddy à bout de bras et le fit passer par-dessus bord. Le garçon était maintenant suspendu au-dessus du vide, toujours désespérément agrippé au garde-fou. Entre l'Atlantique et lui, il n'y avait que de l'air.

Pendant un bref instant, Paddy eut l'impression que la lutte ne le concernait plus et qu'il n'était qu'un spectateur. *Combien de temps ce garçon pourra-t-il tenir?* se demanda-t-il avec un étrange détachement.

Pas très longtemps. Il était à l'agonie, épuisé, et il avait tellement froid aux doigts.

CHAPITRE VINGT-DEUX

RMS *TITANIC*
Vendredi 12 avril 1912, 8 h 55

Un gros cahier relié de cuir, sorti de nulle part, alla s'écraser en plein sur le visage de Seamus. Le garde du corps recula en chancelant, le visage couvert de sang. Son grand nez venait de se faire fracturer une fois de plus.

– *Au secours!* hurla Alfie en agitant le manifeste des marchandises pour empêcher Kevin Gilhooley d'avancer.

– Tu as fait une grave erreur, mon garçon, siffla le criminel, les yeux pleins de rage.

Au même moment, un bruit de course retentit sur le pont. Des stewards et des matelots convergeaient de toutes les directions.

– Appelez le capitaine d'armes! cria Alfie.

Il passa une main à travers le garde-fou et attrapa Paddy par le poignet. Mais il n'était pas assez fort pour le ramener sur le pont.

Les membres d'équipage affluaient, et les deux criminels furent bientôt sous bonne garde. Deux marins soulevèrent Paddy et le remontèrent en lieu sûr.

– Ça va, mon garçon? demanda le plus vieux des deux.

Pour toute réponse, Paddy tourna les talons et s'élança au pas de course sur le pont des embarcations, laissant ses sauveteurs le suivre du regard, bouche bée. Ils lui avaient sauvé la vie, et il leur en était reconnaissant, bien sûr. Mais il demeurait un passager clandestin. Et Paddy Burns avait un certain talent pour transférer son attention d'un problème à l'autre à la vitesse de l'éclair.

Il sauta par-dessus la barrière de première classe et se hissa sur la vaste armature de métal qui soutenait un magnifique vitrail bombé. Tout en rampant, il jeta un coup d'œil vers le bas, sur le grand escalier arrière. Il sauta du dôme de verre, se faufila à travers les grues et les autres pièces d'équipement qui encombraient le pont, et se précipita vers l'avant en passant à tribord.

Il entendit derrière lui des cris et des bruits de course. *Bien sûr*, se dit-il, amer, *deux criminels essaient de jeter un garçon de 14 ans par-dessus bord, et tout ce qui intéresse la White Star Line, c'est de le capturer!*

Il n'avait aucune chance d'échapper aux marins sur leur propre navire. Il devait se cacher. *Tout de suite!*

Il tâta plusieurs portes le long de la superstructure. Elles étaient toutes verrouillées. Ses yeux tombèrent soudain sur la rangée de canots de sauvetage couverts d'une bâche. Il n'avait pas le choix.

Il grimpa dans le premier et se glissa sous la bâche. Furtivement, il jeta un coup d'œil au dehors pour voir s'il était toujours poursuivi.

Les marins n'étaient pas encore arrivés. Mais il n'était pas tout à fait seul. Là, accoudée au bastingage, la jeune fille riche avec les boucles d'oreilles en diamant, celle qui l'avait toisé avec tant de mépris, le regardait droit dans les yeux. Il était évident qu'elle l'avait vu, et qu'elle allait le dénoncer. Il était pris.

Il aperçut alors ses poursuivants et, venant de l'autre direction, un homme imposant en uniforme d'officier. Lightoller! Paddy recula hors de vue et replaça la bâche sur le canot.

– Au rapport! aboya le deuxième officier.

– On a deux hommes sous bonne garde, répondit un des marins. Une méchante paire de bandits! Ils ont essayé de jeter le garçon par-dessus bord!

– Et qui est ce garçon? demanda le deuxième officier Lightoller.

– Un clandestin, probablement. Il était vraiment pressé de filer.

– Excusez-moi, mademoiselle, fit le deuxième officier en se tournant vers Juliana. L'avez-vous vu, ce garçon? Je crois qu'il porte un uniforme de steward.

Paddy se sentit défaillir. Voilà, ça y était, tout était fini. Il avait été sauvé, mais uniquement pour être remis entre les mains de la White Star Line. Il attendit que la jeune fille dévoile sa cachette.

– Oui, monsieur Lightoller, annonça Juliana. Il s'en allait vers l'avant, en direction de la passerelle de navigation.

Paddy se redressa, abasourdi. Avait-elle pu ne pas le remarquer? Non, impossible. Elle l'avait vu grimper dans le canot où il se trouvait en ce moment même. Elle l'avait regardé dans les yeux. Il sentait encore la piqûre de son mépris et de sa désapprobation.

– Vous en êtes absolument certaine? insista le deuxième officier. J'arrive de là-bas, et je n'ai vu personne.

– Oh, oui, répondit Juliana. Il courait très vite. Il est peut-être passé à bâbord. Vous l'aurez raté.

Paddy n'en croyait pas ses oreilles. Cette jeune fille de la haute société, qui avait plus de richesse pendue aux oreilles que ce qu'il pouvait espérer gagner pendant toute sa vie. Cette jeune fille le *protégeait!*

Mais pourquoi lui offrait-elle son aide? Non, c'était *bien plus* que de l'aide. Elle avait menti à un officier, à ses risques et périls. C'était un *crime* grave d'aider un passager clandestin!

– Peut-être, fit le deuxième officier, peu convaincu. Par ici, messieurs.

Paddy perçut encore des pas de course, puis ce fut le silence. Un instant plus tard, il entendit une voix douce.

– Ça va?

Il leva les yeux vers elle. Elle avait perdu son air sévère, mais elle ne semblait pas plus amicale pour autant. Elle paraissait éberluée, comme si elle était encore plus étonnée d'avoir protégé Paddy que lui l'avait été en l'entendant prendre sa défense.

– Merci de ne pas m'avoir dénoncé, mademoiselle.

– Ces hommes ont failli vous tuer, dit-elle avec une surprise horrifiée.

Paddy esquissa un sourire.

– Nous, à Belfast, on est tous de bons amis, fit-il en passant une jambe par-dessus le bord du canot. Je vais m'en aller.

– Vous ne bougez pas d'ici! chuchota-t-elle d'une voix impérieuse. C'est *moi* qui vous dirai quand ce sera sûr de sortir de là.

Paddy se rassit dans le fond recourbé du canot, les bras autour de ses genoux. La matinée avait été mouvementée, même pour un gamin des rues de Belfast. Il avait failli se faire tuer, puis arrêter par ses sauveteurs. Et maintenant, ceci, cette main secourable tendue par la personne la plus inattendue.

Il tapota sa veste d'uniforme et sentit le croquis de Daniel contre son cœur. Il aurait tout donné, même s'il n'avait rien, en fait, pour être de retour dans l'imprimerie abandonnée avec son vieil ami.

Pourtant, il est possible de trouver du soutien et de la gentillesse dans ce monde cruel, même sur un bateau rempli de millionnaires.

Il suffisait de bien chercher.

Paddy était tout de même dans une position précaire, il le savait très bien. Il y avait quelque chose, chez ce M. Lightoller, son regard d'acier et la dureté de son expression, qui lui donnait l'impression qu'il ne lâcherait pas tant que le passager clandestin n'aurait pas été capturé et interrogé.

Il se tortilla, à la recherche d'une position confortable. Compte tenu de la taille du navire, les canots de sauvetage étaient beaucoup plus petits qu'il l'aurait cru.

Et pourtant, chose étrange, il ne semblait pas y en avoir beaucoup.

CHAPITRE VINGT-TROIS

RMS *TITANIC*
Vendredi 12 avril 1912, 9 h 25

La prison du *Titanic* se composait de deux petites cellules voisines du bureau du capitaine d'armes, sur le pont E.

Le capitaine d'armes, Thomas King, avait dû se faire aider de quatre matelots de deuxième classe pour escorter Kevin Gilhooley et son garde du corps, dont le chandail crème était maintenant maculé de sang, aux locaux dans lesquels ils seraient confinés jusqu'à la fin de la traversée. Il avait fallu pas moins de trois hommes pour forcer Seamus à entrer dans le cachot et pour refermer la grille derrière lui.

Les deux criminels de Belfast ne s'étaient pas laissé emmener sans protester. Tout au long du trajet, sur cinq ponts et la moitié de la longueur du navire, ils s'étaient débattus, pestant et jurant, sous les regards horrifiés de passagers des trois classes et d'un assortiment de stewards et de femmes de chambre. Les deux prisonniers s'étaient donc retrouvés couverts d'ecchymoses. Kevin Gilhooley et son acolyte étaient de solides gaillards, mais les marins anglais l'étaient tout autant. Et l'équipage avait très nettement l'avantage du nombre.

– Pourquoi protégez-vous cette petite vermine? ragea Kevin Gilhooley tandis que le capitaine d'armes verrouillait la porte de sa cellule. C'est un voleur, je vous dis! Un vulgaire petit pickpocket!

– Je n'ai pas vu de vol, répliqua Thomas King, sévère. Le seul crime dont j'ai été témoin, c'est une horrible tentative de meurtre. Et je vais vous faire pendre pour ça, ou alors, je n'ai jamais navigué en eau salée.

– Le nom de James Gilhooley, ça vous dit quelque chose? insista le criminel. Mon frère contrôle tout à Belfast, y compris les chantiers maritimes. Si vous êtes un vrai marin, vous aurez certainement affaire à lui un de ces jours.

Mais le capitaine d'armes n'était pas intimidé.

– Et si ce jour arrive, je lui dirai que son frère n'a eu que ce qu'il méritait pour avoir tenté de lancer un garçon sans défense par-dessus bord. Ah! vous voilà, Matherson!

Un grand marin dégingandé arrivait dans le bureau avec une petite valise.

– J'ai pris la liberté de faire apporter vos bagages, indiqua Thomas King à ses prisonniers. Vous êtes dans un état lamentable, ce qui est normal pour des gredins comme vous, je suppose. Mais comme nous sommes voués à nous côtoyer dans ce bureau pendant le reste de la traversée, j'ai bien l'intention de vous nettoyer un peu.

Il prit la valise et fronça les sourcils.

– Plutôt légère, non?

Il fit sauter le fermoir, prit l'unique chemise rangée dans la valise et la souleva pour la montrer aux prisonniers. Le message écrit à l'encre se détachait clairement sur la toile blanche :

ASSASSIN

Kevin Gilhooley secoua la grille de sa cellule en hurlant comme un déchaîné.

– Espèce d'idiot, vous voyez bien que je me suis fait voler! Sur quel genre de navire sommes-nous pour que des mécréants mettent la patte sur les affaires d'un honnête homme et les barbouillent avec des mensonges?

– Je ne vois pas là de mensonge, répondit le capitaine d'armes sans se laisser démonter. Et les seuls mécréants sont derrière les barreaux.

– Mon frère entendra parler de vous! rugit Kevin Gilhooley. J'exige que vous lui envoyiez un télégramme! Allez me chercher un formulaire dans la salle Marconi! *Tout de suite!*

– Les installations du télégraphe sont réservées aux clients qui paient.

– Je vais payer, siffla Kevin Gilhooley en fixant le capitaine d'armes, les yeux rétrécis par la rage. Et vous aussi, un jour, vous allez payer!

CHAPITRE VINGT-QUATRE

Le restaurant-bar *Donovan's*, dans Victoria Street, n'avait pas de cuisine fonctionnelle depuis le début du siècle, depuis que l'endroit était devenu le quartier général de James Gilhooley et de son organisation. À partir de ce centre névralgique, le criminel régnait sur un empire qui englobait tous les chantiers maritimes de Belfast et bien plus encore.

Il y avait un va-et-vient continuel de messagers chez *Donovan's*, mais celui-là fut accueilli avec suspicion. Ce n'était pas un des coursiers qu'employait habituellement James Gilhooley. C'était un représentant de la société Marconi, qui envoyait, recevait et livrait des messages de télégraphie sans fil. Grâce à l'extraordinaire invention de M. Marconi, il était maintenant possible d'envoyer des messages en code Morse de navire en navire, jusqu'à un poste terrestre n'importe où dans le monde, et ce, en quelques heures à peine. Encore une preuve que le monde avait changé pour le mieux, en ce 20e siècle extraordinaire!

– C'est un message du *Titanic*, annonça le messager.

En entendant le nom du grand navire, James Gilhooley en personne se précipita à la porte et s'empara de l'enveloppe après avoir jeté quelques pièces au messager.

– Mon petit frère est à bord!

Il déchira l'enveloppe du marconigramme et examina la feuille de papier, le visage rouge de colère.

– Ils l'ont mis en prison, les scélérats! rugit-il. Et Seamus avec!

– On pouvait pas vraiment espérer mieux des Anglais, non? grogna l'homme debout derrière le bar.

– C'est pas la faute des Anglais! tonna James Gilhooley. C'est à cause de ce petit rat d'égout! Son partenaire!

Tous les yeux se tournèrent vers le garçon qui frottait le plancher à quatre pattes, avec une brosse de métal.

Daniel Sullivan.

Il avait encore les yeux enflés, à demi fermés, après la raclée que lui avaient infligée les membres de la bande plus d'une semaine auparavant. En réalité, il aurait dû être mort, et il l'aurait été si les Gilhooley n'avaient pas jugé plus utile de le garder en vie et d'en faire leur esclave, puisqu'ils n'avaient pas besoin de le payer. Depuis dix jours, il lavait les planchers, nettoyait les toilettes, et se chargeait de la vaisselle et du lavage pour un groupe d'hommes qui le tourmentaient et se moquaient de lui chaque fois qu'ils en avaient l'occasion. Les hommes qui avaient battu et assassiné Paddy.

Sauf que Paddy *n'était pas* mort! Daniel souriait tout

en frottant, sans se soucier de la douleur que lui causait sa lèvre éclatée. Son ami s'était échappé. De plus, il avait réussi à monter à bord du plus grand navire de tous les temps, aux côtés de M. Thomas Andrews lui-même. Et la meilleure, c'était que Paddy avait contribué à envoyer en prison Kevin Gilhooley et son fier-à-bras.

Malgré sa vie misérable et son avenir incertain, Daniel était heureux. Son ami était en route pour une nouvelle vie en Amérique.

Plus rien ne pourrait arrêter Paddy!

ÉPILOGUE

RMS *TITANIC*
Vendredi 12 avril 1912, 16 h 35

Sur la plage avant, trois hommes élégants contemplaient en silence le ciel sans nuages et les eaux calmes de l'Atlantique. Sous leurs pieds, le bâtiment glissait sans effort sur la surface lisse comme du verre. Aucun navire de ligne avant lui n'avait fendu les flots avec aussi peu de vibrations. On se croyait presque dans un immeuble, sur la terre ferme. Il y avait là Thomas Andrews, l'architecte de ce magnifique vaisseau; J. Bruce Ismay, le directeur général de la White Star Line; et E. J. Smith, le plus célèbre capitaine du monde, un trio dont la vaste expérience était encore plus solide que le *Titanic* lui-même. Aucun passager ne pouvait poser les yeux sur ces trois hommes sans ressentir une onde de confiance et de fierté, avec la conviction que cette traversée inaugurale n'aurait pas pu tomber entre des mains plus compétentes.

Un homme en uniforme arriva sur le pont avant et s'approcha du capitaine. C'était Jack Phillips, le chef opérateur radio du *Titanic*.

– Un message provenant des navires qui nous précèdent, monsieur. On nous signale de la glace au nord du 42ᵉ parallèle.

Il tendit au capitaine une feuille de papier pliée.

– Merci, monsieur Phillips.

Le capitaine prit la note et la glissa dans sa poche. Sans la lire.

GORDON KORMAN

a commencé à écrire quand il avait à peu près l'âge des héros de ses romans. Son premier livre *Deux farceurs au collège* a été publié alors qu'il n'avait que quatorze ans. Il a écrit cinq autres livres avant même de terminer ses études secondaires. Depuis, ses romans pour jeunes adultes se sont vendus à des millions d'exemplaires et ont fait le tour du monde. Il est l'auteur des collections Sous la mer, Everest, Naufragés, Droit au but et, plus récemment, de la collection comprenant *L'escroc*, *L'évasion* et *Piégé*. L'auteur, d'origine montréalaise, habite maintenant à New York avec sa famille.